As planícies

Gerald Murnane

As planícies

tradução
Caetano W. Galindo

todavia

*Havíamos por fim descoberto uma terra pronta
a receber de imediato o homem civilizado...*

Thomas Livingstone Mitchell, *Three Expeditions
into the Interior of Eastern Australia*

I

Há vinte anos, quando cheguei às planícies, fiquei de olhos bem abertos. Estava à procura de algo naquela paisagem que apontasse para algum sentido complexo por trás das aparências. Meu trajeto até as planícies não foi tão duro quanto minhas descrições posteriores dele. E nem sei dizer se em algum momento eu soube ter deixado a Austrália. Mas recordo com clareza uma sequência de dias em que a terra plana à minha volta parecia cada vez mais um lugar que só eu podia interpretar.

As planícies que atravessei naqueles dias não eram infinitamente iguais. Às vezes meu olhar passava por um grande vale raso com umas árvores e umas reses espalhadas e talvez um riacho estreito no meio. Às vezes, no fim de um terreno totalmente desolado, a estrada subia o que era sem sombra de dúvida um morro antes de eu enxergar à frente o que era apenas mais uma planície, lisa e nua e impressionante.

No vilarejo de bom tamanho a que cheguei certa tarde, percebi um jeito de falar e um estilo de roupas que me convenceram de que não precisava ir mais longe. As pessoas não eram bem os típicos habitantes das planícies que eu esperava encontrar nos distantes distritos centrais, mas me agradava saber que tinha pela frente mais planícies do que as tantas que eu já tinha atravessado.

No fim daquela noite parei à janela do terceiro andar do maior hotel do vilarejo. Olhava por sobre o padrão regular dos postes de iluminação e via a escuridão da terra mais ao longe. Uma brisa vinha do norte em rajadas mornas. Me debrucei sobre as colunas de ar que se erguiam dos quilômetros mais próximos de pradarias. Preparei meu rosto para demonstrar uma grande variedade de fortes emoções. E sussurrei palavras que podiam caber a um personagem de um filme no momento em que percebe ter encontrado seu lugar. Então voltei para o quarto e me sentei à mesa que tinha sido instalada especialmente para mim.

Tinha desfeito as malas umas horas antes. Agora minha mesa estava coberta por uma grande pilha de pastas cheias de papel pautado e caixas de cartões e vários livros com bilhetes numerados entre as páginas. No alto da pilha havia um caderno de tamanho médio com uma etiqueta na capa:

O INTERIOR
(ROTEIRO DE CINEMA)
CHAVE DO CATÁLOGO DE
NOTAS DE CONTEXTO
E MATERIAL DE INSPIRAÇÃO

Puxei uma pasta grossa com uma etiqueta que dizia *Ideias soltas — ainda não catalogadas* e escrevi:

Não há vivalma neste distrito que saiba quem eu sou ou o que pretendo fazer aqui. É estranho pensar que, entre toda essa gente simples que agora dorme (em casas amplas revestidas de tábuas brancas e com teto de ferro vermelho e grandes jardins ressequidos dominados por aroeiras e *kurrajongs* e aleias de tamariscos), não há quem tenha visto o panorama das planícies que logo hei de revelar.

Passei o dia seguinte nos labirintos de bares e sofás no térreo do hotel. Fiquei a manhã toda sozinho afundado numa poltrona e encarando as faixas intoleráveis de luz do sol que entravam pelas frestas das venezianas que selavam as janelas da fachada da rua principal. Era um dia de céu aberto no começo do verão e o sol impiedoso da manhã chegava até os recessos da varanda do hotel.

Às vezes eu virava um pouco o rosto para pegar a lufada de ar mais frio que vinha de um ventilador de teto e ficava olhando a condensação que se formava no meu copo e considerando de maneira positiva os extremos de temperatura que assolavam as planícies. Sem obstáculos como morros ou montanhas, o sol do verão ocupava toda a extensão daquela terra da aurora ao crepúsculo. E no inverno os ventos e rajadas de chuva que varriam a imensidão dos espaços abertos mal tropeçavam nas poucas barreiras de madeira que supostamente seriam abrigo de homens e animais. Eu sabia que havia no mundo planícies que passavam meses debaixo de neve, mas me agradava o fato de que o meu distrito não fosse uma delas. Achava muito melhor enxergar o ano todo a configuração real da própria terra e não os falsos montes e depressões de algum outro elemento. De qualquer maneira, achava que a neve (que eu nunca tinha visto) era algo tão intrinsecamente ligado à cultura europeia e americana que não podia caber na minha região.

À tarde me juntei a um dos grupos de homens das planícies que entravam vindos da rua principal e me sentei aos pontos costumeiros deles no enorme balcão. Escolhi um que parecia incluir intelectuais e guardiães da história e do folclore do distrito. Julguei pelas vestimentas e pelo porte que não eram pastores nem vaqueiros, embora fosse possível que passassem boa parte do tempo ao ar livre. Alguns talvez tivessem começado a vida como jovens filhos das grandes famílias donas de terra. (Todos nas planícies deviam sua prosperidade à terra. Cada vilarejo, grande ou pequeno, era impulsionado pela riqueza infinda dos latifúndios ao redor.) Usavam roupas da classe culta e desocupada das planícies — calça cinza lisa com vincos rígidos e camisa branca impecável com clipe de gravata e braçadeiras combinando.

Queria muito ser aceito por aqueles homens e me preparei para todo e qualquer teste que pudessem me propor. Contudo eu mal contava com a possibilidade de recorrer a algo que tivesse lido nas minhas estantes cheias de livros sobre as planícies. Citações literárias iriam contra o espírito do encontro, ainda que qualquer um daqueles homens tivesse lido os livros que eu pudesse elencar. Talvez porque ainda se sentissem cercados pela Austrália, os homens das planícies preferiam considerar a leitura como um exercício particular que lhes dava bases para suas obrigações públicas mas não podia substituir sua obrigação de cultivar uma tradição consensual.

E, no entanto, o que era essa tradição? Ouvindo os homens das planícies, fiquei com a desconcertante sensação de que eles não desejavam contar com um conjunto de crenças comuns: parecia que cada um ficava incomodado se tivesse a impressão de que um outro dava como certo algo que ele afirmava a respeito das planícies como um todo. Era como se cada homem dali escolhesse parecer um habitante solitário de uma região que só ele sabia explicar. E quando falava de suas planícies particulares, parecia escolher as palavras como se a mais simples delas não viesse de um vocabulário qualquer mas derivasse seu sentido apenas do uso idiossincrático que ele fazia dela.

Naquela primeira tarde vi que o que já tinha sido descrito como a arrogância dos homens das planícies era somente sua relutância em reconhecer um terreno comum entre eles e os outros. Era exatamente o contrário (como eles mesmos sabiam muito bem) da pulsão comum entre os australianos daquele tempo de enfatizar tudo que pudessem ter em comum com outras culturas. Um homem das planícies não apenas dizia ignorar os hábitos de outras regiões como fazia questão de parecer estar equivocado quanto a eles. O que mais irritava as pessoas de fora era ele fingir ser desprovido de qualquer cultura singular em vez de permitir que sua terra e seus hábitos fossem considerados parte de uma comunidade maior de gostos e modas contagiosos.

Eu continuava sem sair do hotel, mas quase todo dia bebia com um grupo novo. Por mais que tomasse notas e traçasse planos e esboços, ainda estava longe de saber ao certo o que meu filme mostraria. Estava à espera de receber um súbito ímpeto de determinação ao encontrar um homem das planícies cuja absoluta segurança só pudesse derivar do fato de ter acabado naquele mesmo dia de escrever a última página de suas notas para um romance ou um filme que rivalizasse com o meu.

Àquela altura eu já tinha começado a falar abertamente diante dos homens das planícies que encontrava. Alguns queriam ouvir a minha história antes de divulgar as suas. Eu estava preparado para isso. Tinha me disposto, sem que eles soubessem, a passar silenciosos meses estudando nas livrarias e galerias de arte do vilarejo para provar que não era mero turista ou curioso. Mas depois de uns dias no hotel eu havia preparado uma história que me servia bem.

Dizia aos homens das planícies que estava numa jornada, o que não era mentira. Não lhes contava a rota que tinha seguido até chegar ao vilarejo nem a direção em que seguiria quando saísse dali. Descobririam quando *O interior* estreasse no cinema. Nesse meio-tempo ficariam acreditando que comecei minha jornada num canto afastado das planícies. E, como eu tinha torcido para acontecer, ninguém duvidou de mim nem disse conhecer o distrito que eu mencionava. As planícies eram tão imensas que aqueles homens jamais ficavam surpresos ao ouvir que elas incluíam alguma região que nunca tinham visto. Além disso, muitos lugares mais afastados eram motivo de discussão — faziam ou não faziam parte das planícies? Nunca houve consenso sobre a verdadeira extensão das planícies.

Eu lhes contava uma história quase desprovida de acontecimentos ou realizações. Gente de fora faria pouco dela, mas os homens das planícies entendiam. Era o tipo de história que atraía os romancistas e dramaturgos e poetas entre eles.

Leitores e plateias das planícies raramente se impressionavam com rompantes de emoção ou conflitos violentos ou súbitas calamidades. Imaginavam que os artistas que apresentavam coisas dessa natureza tinham sido enfeitiçados pelos ruídos das multidões ou pela pletora de formas e superfícies que existem na perspectiva violenta das paisagens do mundo além-planícies. Os heróis dos habitantes dali, na vida e na arte, eram algo como o homem que por trinta anos voltava no fim da tarde para sua casa ordinária com um jardim bem cuidado e arbustos murchos e ficava acordado até tarde da noite decidindo qual teria sido a rota da jornada que seguira por trinta anos para chegar aonde estava — ou o homem que nunca pegava nem a única estrada que se afastava de sua isolada casa de fazenda por medo de não reconhecer aquele lugar quando o enxergasse dos distantes pontos de vista que os outros adotavam.

Houve historiadores que sugeriram que as próprias planícies eram responsáveis pelas diferenças culturais entre os homens dali e o resto dos australianos. A exploração das planícies fora o evento mais marcante da história deles. O que de início parecia plano e inexpressivo acabou revelando incontáveis variações sutis de paisagem e a abundância de uma furtiva vida selvagem. Na tentativa de valorizar e descrever suas descobertas, os homens das planícies tinham se tornado mais observadores que o normal, mais atentos e abertos a graduais revelações de sentidos. Gerações posteriores reagiam à vida e à arte como seus antepassados tinham confrontado os quilômetros de pradarias que sumiam na neblina. Enxergavam o próprio mundo como mais uma planície numa série infinita delas.

Certa tarde senti uma vaga tensão no bar que tinha se tornado meu preferido. Alguns dos meus camaradas falavam baixo. Outros usavam uma voz estridente como se quisessem ser ouvidos em outro cômodo. Percebi que era chegada a hora de testar minhas credenciais de homem das planícies. Vários dos grandes proprietários de terras estavam no vilarejo, alguns no hotel naquele exato momento. Tentei não dar mostras de agitação e observei atentamente meus camaradas. Em geral estavam tensos demais à espera de serem chamados para o distante saguão onde passariam por uma breve entrevista com os homens para quem queriam trabalhar. Mas meus camaradas sabiam que ainda poderiam estar esperando ao pôr do sol ou mesmo à meia-noite. Nessas visitas infrequentes, os donos das fazendas se importavam muito pouco com os horários normais dos habitantes do vilarejo. Gostavam de resolver as questões comerciais logo cedo e então sumir nos seus salões de hotel preferidos ainda antes do almoço. Ficavam ali o quanto quisessem, bebendo muito e pedindo aperitivos ou refeições inteiras em intervalos imprevisíveis. Muitos permaneciam até o amanhecer ou mesmo até a tarde do dia seguinte, sendo que em nenhuma ocasião mais do que um dos membros do grupo estaria cochilando na poltrona enquanto os outros conversavam em particular ou entrevistavam os habitantes que vinham pedir favores.

Segui a tradição e enviei meu nome com um dos habitantes do vilarejo que calhou de ser convocado logo cedo. Descobri então o que pude sobre os homens do saguão distante e fiquei pensando quais deles entregariam parte de sua fortuna e talvez a própria filha como pagamento por ver suas terras como a locação do filme que revelaria as planícies ao mundo.

Bebi pouco durante a manhã toda e fiquei verificando minha aparência em cada espelho que via. Meu único motivo de ansiedade era o lenço de seda com estampa de caxemira todo amarrotado no colarinho aberto da minha camisa branca. Toda e qualquer regra do mundo da moda que eu conhecia marcava um homem com um lenço no pescoço como alguém rico, refinado, sensível e com muito tempo livre. Mas poucos homens das planícies usavam lenços, como de repente recordei. Minha única esperança era que os fazendeiros vissem nos meus trajes o tipo de paradoxo que os mais criteriosos dos homens das planícies adoravam. Eu estava usando algo que fazia parte da desprezada cultura das capitais — mas apenas para me distinguir um pouco dos outros suplicantes e deixar claro que as planícies iam sempre preferir evitar até o gesto mais correto caso ele estivesse prestes a virar mero modismo.

Passando os dedos pela minha seda carmesim estampada de caxemira ali diante do espelho do banheiro, senti alguma tranquilidade ao ver os dois anéis na minha mão esquerda. Cada um deles era ornado por uma grande e saliente pedra semipreciosa — uma de um verde-azul meio opaco e a outra de um amarelo-pálido. Não saberia dizer o nome das pedras, e os anéis tinham sido fabricados em Melbourne — a cidade que eu preferia esquecer —, mas eu tinha escolhido as cores pelo significado especial que tinham para os homens das planícies.

Eu tinha alguma noção do que era o conflito entre Lonjuristas e Leporinos, como eles acabaram sendo conhecidos. Tinha comprado meus anéis sabendo que as cores das duas facções não eram mais usadas num espírito de sectarismo. Mas ainda tive a esperança de descobrir que uma ou outra das cores teria a preferência ocasional de homens das planícies que lamentassem o quanto tinham sido acirradas as antigas rivalidades. Quando descobri que a prática era jamais usar uma só cor, mas as duas, entrelaçadas se possível, já tinha metido os dois anéis em dedos diferentes e nunca mais os retirei.

Planejava me apresentar aos proprietários de terras como alguém que vinha lá das fronteiras das planícies. Podiam comentar o fato de eu usar as duas cores e me perguntar que vestígios da famosa rivalidade ainda restavam em minha pátria distante. Se isso acontecesse, eu podia lhes contar alguma das histórias que tinha ouvido sobre a duradoura influência da antiga querela. Pois àquela altura eu já sabia que a discórdia original sobrevivia em incontáveis variantes populares. Quase qualquer ponto de vista contrário que surgisse em debates públicos ou privados podia ser rotulado como Lonjurista ou Leporino. Quase qualquer dualidade que ocorresse aos homens das planícies parecia ser mais fácil de compreender se as duas entidades fossem associadas aos dois matizes, verde-azul e ouro desbotado. E todos nas planícies lembravam os tempos da infância com brincadeiras de Pórios e Júrios que duravam o dia inteiro — as fugas alucinadas pastagem adentro ou os precários esconderijos no meio do mato alto.

Se os proprietários quisessem conversar mais tempo comigo sobre "as cores" (o nome moderno para todas as complexas rivalidades do século passado), nada me impedia de lhes oferecer minha própria e errática interpretação do famoso conflito. No fim da tarde eu já não tinha mais tanta vontade de lhes mostrar como pensava em termos similares aos seus. Não menos importante parecia ser a ideia de lhes dar mostras da minha capacidade de imaginação.

E aí a porta da rua se abriu de supetão e um novo grupo de homens das planícies veio da estonteante luz do sol, depois de concluído o trabalho da tarde, para se acomodar no bar e retomar sua tarefa de toda uma vida: forjar a partir de dias monótonos passados numa paisagem plana a própria matéria dos mitos. Senti uma súbita empolgação por não saber o que podia ser verificado de fato na história das planícies ou mesmo na minha própria história. E até me vi pensando se os proprietários não iam preferir me ver surgir diante deles como alguém que estivesse equivocado a respeito das planícies.

Passando um dia inteiro de espera no balcão do bar daquele salão, vim a conhecer os caprichos dos proprietários. Um dos moradores tinha ido falar com eles levando maços de desenhos e de amostras para uma série de livros impressos de maneira artesanal. Queria publicar pela primeira vez alguns dos muitos diários manuscritos e coleções de cartas ainda preservados nos casarões. Certos donos de terras pareceram interessados. Mas, ao responder suas perguntas, o homem soou cauteloso e conciliador demais. Tinha lhes assegurado que seu editor os consultaria antes de incluir qualquer material mais polêmico. Não era o que os grandes homens queriam ouvir. Não receavam ver as imprudências de suas famílias conhecidas em todas as planícies. Quando o editor começou a falar, cada um deles viu o conjunto completo dos arquivos de sua família sendo lançado ano a ano em dispendiosas encadernações gravadas com os selos de sua estirpe. Aquela coisa de supressões e resumos tinha posto um repentino fim à permanente expansão de seus arquivos coligidos pelas imaginárias prateleiras. Ou foi isso que o próprio homem supôs mais tarde quando me falou de seu fracasso. Tinha guardado discretamente os bonecos e as amostras de papel e de fontes e abandonado a sala enquanto os proprietários tentavam calcular, de modo nada despropositado, quantas vidas completas seriam necessárias para recolher, para ler e compreender, e tomar então decisões quanto à relevância da existência de um homem que se deliciava (como era seguramente o caso de cada um deles) enchendo gavetas e baús e arquivos com cada documento, mesmo a mais breve anotação manuscrita, que insinuasse algo da vasta região invisível onde ele passava a maior parte de seus dias e suas noites.

Mas um dos moradores que seguiram o livreiro quando ele entrou no saguão voltou sussurrando que estava com o futuro garantido. Era um rapaz que até ali não conseguira ganhar a vida com seus interesses especializados. Tinha estudado a história do mobiliário, dos tecidos e da decoração das grandes moradias das planícies. Tinha feito quase toda sua pesquisa em museus e bibliotecas, mas recentemente chegara a uma teoria que só podia testar visitando alguma mansão em que os gostos e preferências de diversas gerações estivessem todos à mostra sob um mesmo teto. Pelo que entendi o argumento principal da teoria era que a primeira geração de proprietários nas planícies gostava de padrões complexos e objetos ornamentadíssimos que pareciam contrastar com a simplicidade e a esterilidade da paisagem que cercava suas casas, enquanto as gerações posteriores preferiram decorar com mais simplicidade na medida em que as planícies do lado de fora iam ficando marcadas por estradas e cercas e plantações. Mas o funcionamento desse princípio era sempre modificado por dois outros: primeiro, que nos tempos antigos uma casa era decorada de maneira tanto mais elaborada quanto mais estivesse localizada perto do que se imaginava ser o centro das planícies ou, em outras palavras, quanto mais estivesse distante das cidades litorâneas onde nasceram os primeiros homens das planícies, enquanto em tempos mais recentes o contrário se verificava, ou seja, as casas mais próximas do suposto centro e que antes eram consideradas afastadas agora eram vistas como próximas de certa fonte ideal de influência cultural e decoradas com menor empolgação, enquanto as que ficavam mais perto das margens das planícies eram equipadas nos mínimos detalhes como que para compensar a desolação que seus donos percebiam logo ali, nas regiões que cercavam as planícies.

O rapaz explicou a teoria aos donos de terras logo depois da meia-noite. A apresentação foi hesitante e ele os fez lembrar que só poderia confirmar sua tese depois de meses de pesquisa em casarões de todos os distritos das planícies. Mas os proprietários ficaram encantados com a ideia. Um deles tomou a palavra e anunciou que a teoria podia justificar uma suspeita que tinha toda vez que andava sozinho de madrugada pelas mais longas galerias e alguns dos imensos salões de sua mansão. Nessas ocasiões tinha a vaga sensação de que a aparência e a posição precisa de cada pintura e cada estátua e baú, bem como a disposição das coleções de prataria e porcelana e até das borboletas e conchas e flores secas sob suas campânulas de vidro empoeirado, tinham sido determinadas por forças de grande relevância. Via os incontáveis objetos de sua casa como poucos pontos visíveis de algum invisível gráfico de complexidade estupenda. Quando essa impressão tinha mais força do que o normal, ele ficava examinando os motivos repetidos de uma tapeçaria como se lesse a história de alguma sequência de dias ou anos muito antes de nascer, ou observava a luminosidade intricada de um candelabro e intuía a presença da luz do sol nas lembranças de pessoas de quem ele mesmo mal recordava.

O mesmo proprietário começou a descrever outras influências que sentia na madrugada quando estava nas alas mais remotas da casa. Pressentia por vezes a persistência renitente de forças frustradas — de uma história quase realizada. Ele se via procurando pelos cantos as pecinhas preferidas dos filhos não nascidos de casamentos jamais consagrados.

Mas os amigos dele acabaram aos gritos com aquele entusiasmo. Não era disso que o garoto, o astucioso historiador cultural, estava falando. Ficaram ouvindo a proposta de outro, que sugeriu um método para se atribuir um valor numérico a cada uma das influências descritas pelo rapaz, valores depois corrigidos (pelo que ele chamou de "algum tipo de escala móvel") para refletir a preponderância de anos de prosperidade sobre os de vacas magras e finalmente elaborar uma fórmula que pudesse "revelar" (de novo nas palavras dele) o verdadeiro estilo, o estilo essencial das planícies — a média áurea de todas as variações que ocorreram em locais e momentos diferentes.

Enquanto aquele homem falava, outro mandou buscar folhas de papel quadriculado e uma caixa de lápis de cor apontadíssimos. Respondeu ao último interlocutor que essa média áurea não passava de uma aproximação esmaecida e que o grande valor da teoria do rapaz não era o fato de poder ser empregada para se calcular um estilo tradicional qualquer, mas sim permitir que cada família desenhasse o próprio gráfico, mostrando todas as coordenadas culturais que tornavam único o seu estilo. E limpou uma mesa pedindo que o rapaz o ajudasse com seus gráficos. As horas que se seguiram, foi o que depois me disse o rapaz, foram as mais recompensadoras de toda a sua vida. Só um dos proprietários deixou de mandar trazerem papel e lápis e de se sentar em meio a cinzeiros e copos e garrafas vazias para traçar linhas coloridas talvez capazes de revelar as insuspeitas harmonias que subjaziam à aparente confusão de um século e meio de impulsividade e excentricidade. Eles logo concordaram que cada cor havia de denotar o mesmo vetor cultural em todos os seus gráficos. E levavam todo e qualquer ponto contencioso para ser decidido pelo rapaz. Mas mesmo assim foi impressionante a variedade de padrões que acabou surgindo. Com o passar do tempo, alguns deles abandonaram os cálculos e começaram a compor versões mais simples e estilizadas de seus gráficos ou a reduzir traços mais marcantes a motivos para emblemas. Estavam todos havia algum tempo comentando a lenta mudança de intensidade de suas cores quando alguém saiu por um corredor e voltou anunciando que um dia sem nuvens já nascia sobre as planícies.

Os homens largaram os lápis e se serviram de uma nova rodada de bebidas e fizeram audaciosas ofertas de honorários pelos serviços do rapaz como consultor histórico de moda. Mas ele pediu licença para lhes comunicar que enquanto se ocupavam com seus gráficos, o único dentre eles que ficou de fora o nomeara como historiador residente de decoração e conselheiro de questões de gosto em sua residência — com estabilidade vitalícia, um salário absurdamente generoso e uma gratificação anual para pesquisas particulares e viagens.

Aquele proprietário em particular não estava interessado em tabular as influências nos gostos de sua família ao longo dos anos. Viu de repente a possibilidade de contratar o rapaz para isolar e quantificar toda e qualquer ideia ou teoria respeitada dos dias de hoje, toda tradição e toda preferência que tenham sobrevivido do passado, e cada previsão de mudanças futuras nas crenças atuais; para dar o peso devido a lendas familiares e costumes locais e a tudo mais que pudesse distinguir uma residência das outras; para considerar também o exercício limitado de caprichos e extravagâncias nas escolhas da geração de hoje; para assim poder chegar a uma fórmula que ele, o proprietário, e sua família pudessem usar para decidir quais entre as muitas pinturas ou móveis ou esquemas de cores ou jogos de mesa ou encadernações de livros ou obras de topiaria ou peças de vestuário tinham mais chance de estabelecer um padrão de elegância tão claro que precisasse ser incluído pelas outras famílias em suas próprias fórmulas de moda.

O rapaz terminou a história e foi para casa curar o porre. Eu tomei um belo café da manhã e continuei pensando nos Lonjuristas e nos Leporinos. O sucesso do jovem designer tinha me encorajado a arriscar mais com os proprietários. Quando vi poucas chances de ser convocado a ir ter com eles antes do almoço, ajeitei a mão que cercava o copo e observei as duas pedras nos meus dedos. Um globo elétrico ainda brilhava na parede logo atrás de mim. A luz se refratou na minha cerveja (a mais escura entre as nove variedades feitas nas planícies) até virar uma aura difusa que parecia atenuar os matizes mais intensos das duas gemas. Suas cores essenciais persistiam, mas o contraste entre elas tinha sido diminuído pela luminosidade da bebida.

Tive a ideia de me apresentar aos donos de terras como um homem destinado a reconciliar na própria vida ou, melhor ainda, no meu filme todos os temas contraditórios nascidos da velha querela entre os verde-azuis e os ouro-foscos. Como que encorajando meu projeto, um urro violento mas nada indigno veio naquele exato momento do cômodo distante em que os grandes homens começavam o segundo dia de sua sessão.

Eu tinha ouvido dizer que, num dado momento do conflito, bandos de homens eram armados e treinados nas pastagens dos fundos de certas propriedades. E no entanto a coisa toda começou com um manifesto redigido em termos cautelosos e assinado por um obscuro grupo de poetas e pintores. Eu nem sabia a data do manifesto — só que isso tinha acontecido em uma década em que os artistas das planícies começaram finalmente a recusar que sua obra ou eles mesmos fossem caracterizados como "australianos". Foi nesses anos que os homens das planícies começaram a generalizar o uso do termo "Austrália Exterior" para se referirem às margens estéreis do continente. Mas, se foi um período de empolgação, foi também a época em que os homens das planícies reconheceram que suas formas singulares de expressão eram apenas para eles. Se dependesse do que os forasteiros fossem saber deles, os poetas e músicos e pintores das planícies nem precisavam existir e nenhuma cultura peculiar haveria de ter sobrevivido na região cercada pela monotonia das camadas externas da Austrália.

Um grupinho se formou naqueles dias em torno de certo poeta cujo primeiro livro publicado era uma obra que carregava o título de seu poema mais forte, "A lonjura, afinal". A poesia por si própria nunca foi criticada por falta de originalidade, mas o poeta e seu grupo ofenderam muita gente por se reunirem regularmente num bar que servia uma espécie de vinho (em geral os homens das planícies tinham um ódio congênito por essa bebida) e por discutirem estética em altos brados. Eles se identificavam pelo uso de uma fita azul e uma verde, presas de maneira cruzada. Posteriormente, depois de muito procurar, encontraram um tecido tingido de um tom incomum de verde-azul, do qual recortaram fitas únicas que tinham o famoso "tom de horizonte longínquo".

O que aquele grupo originalmente propunha ficou quase perdido na barafunda de doutrinas e preceitos e pretensas filosofias que depois lhe foram atribuídos. Pode muito bem ser que sua única pretensão fosse fazer com que os intelectuais das planícies definissem em termos metafísicos o que antes só se expressava numa linguagem emotiva ou sentimental. (Esse me pareceu o melhor resumo que ouvi de toda a questão, muito embora eu sempre tenha sofrido muitíssimo para entender o que era a metafísica.) Estava claro que eles sentiam pelas planícies o amor apaixonado que artistas e poetas viviam declarando. Mas as pessoas que leram seus poemas ou examinaram suas pinturas encontraram poucas representações de lugares reais das planícies. O grupo parecia insistir que o que os movia mais do que amplas pastagens e céus desmesurados era a rala camada de névoa em que terra e céu se fundiam na lonjura.

Membros do grupo foram intimados, claro, a se explicar. Responderam falando da névoa verde-azul como se ela mesma fosse um lugar — uma planície do futuro, talvez, onde se podia viver de uma maneira que existia apenas como potencial nas planícies em que poetas e pintores podiam só escrever ou pintar. Os críticos acusaram o grupo de rejeitar as planícies de fato em nome de uma paisagem que era mera ilusão. Mas o grupo defendia que a zona de névoa era parte das planícies na mesma medida em que o era qualquer configuração de solo ou de nuvens. Diziam estimar sua terra natal justo porque ela lhes parecia em todo lado limitada pelo véu verde-azul que os levava a sonhar com outras planícies. Os críticos em geral desconsideraram essas declarações que julgaram ser deliberadamente evasivas e preferiram ignorar o grupo dali em diante.

O que manteve a polêmica viva no entanto foi o surgimento pouco depois de um outro grupo de artistas que pareciam tão dispostos quanto eles a provocar a crítica. Esse grupo encheu todo um salão de pinturas que tinham um novo tema. A mais impressionante de muitas obras semelhantes, *Declínio e queda do Império da Relva*, parecia à primeira vista um mero estudo detalhado de um pequeno pedaço de terra coberto de capins e gramíneas nativas — uns poucos metros quadrados de uma pastagem qualquer como tantas ali nas planícies. Mas os espectadores logo começaram a perceber, entre os talos pisoteados e folhas esfiapadas e minúsculas flores arrancadas, os contornos de coisas em nada ligadas às planícies.

Muitas daquelas formas pareciam deliberadamente imprecisas e mesmo aquelas que passavam mais perto de representar ruínas arquitetônicas ou artefatos abandonados não tinham estilos conhecidos pela história. Mas os comentadores apontavam dúzias de detalhes que pareciam compreender uma cena de grandiosa desolação — e então, dando um passo atrás, voltavam a ver uma pintura de plantas e terra. O próprio artista encorajava a busca de colunatas fraturadas e tapeçarias desfraldadas sobre paredes sem teto. Mas em sua única análise publicada de uma pintura (uma breve declaração que ele tentou repetidamente corrigir anos mais tarde) alegava ter sido inspirado pelo estudo de certo pequeno marsupial. Esse animal tinha desaparecido das áreas colonizadas antes que o povo das planícies lhe tivesse dado um nome comum. O artista empregava seu complicado nome científico, mas alguém durante os debates se referiu ao animal como lebre das planícies e o nome pegou.

O pintor tinha estudado algumas passagens dos diários de exploradores e antigos naturalistas e uma única pele taxidermizada num museu das planícies. Observadores comentaram as tentativas do animal de se encolher na relva. Os primeiros colonizadores chegaram cheios de firmeza e mataram centenas daquelas criaturas a pauladas apenas para usar seu couro de pouca serventia. Em vez de fugir, o animal parecia ter uma confiança inabalável em sua coloração — o mesmo ouro baço que predominava nas gramíneas das planícies.

O pintor, pelo que disse, encontrou grandes significados na teimosia tonta daquela espécie quase esquecida. Quase todos os seus parentes mais próximos cavavam tocas. O animal podia ter usado suas garras poderosas para escavar os túneis espaçosos e bem ocultos que mantinham seguras as outras espécies. Mas para sobreviver era obrigado a se agarrar a seu ambiente estéril; a persistir na consideração de que a relva baixa das planícies era uma muralha contra os intrusos.

O homem que fez essas declarações insistiu não ser um mero amante da natureza que reclamava o retorno da vida selvagem desaparecida. Queria que os habitantes das planícies vissem aquela paisagem com outros olhos; recuperar o potencial, e mesmo o mistério, das planícies conforme teriam sido vistas por quem não tinha outro refúgio. Ele e os outros artistas do movimento lhes dariam auxílio. O grupo rejeitava frontalmente o suposto encanto das distâncias enevoadas. Estavam determinados a encontrar temas grandiosos no ouro envelhecido de sua terra natal.

Nada disso teve recepção melhor que a do manifesto anterior que defendia a "arte do horizonte". Os primeiros ataques contra os pintores os acusavam de inventar propositadamente temas desligados do espírito essencial das planícies. Outros críticos previram que o fim dos pintores como grupo seria tão precoce quanto o do animal patético que lhes inspirava tanto. Mas os pintores começaram a usar fitas de cor de ouro-fosco e a debater com os homens do grupo verde-azul.

A disputa teria logo sido esquecida por todos que não participassem dos grupos rivais. Mas foi transformada uma vez mais em questão de interesse mais amplo quando um terceiro grupo tentou promover as próprias opiniões às custas das dos verde-azuis e ouro-foscos. Esse terceiro grupo elaborou uma teoria da arte tão excêntrica que acabou deixando furiosos os mais tolerantes homens das planícies. Mesmo os leigos que escreviam na imprensa diária viram a teoria como uma ameaça ao precioso tecido da cultura da região. E os verde-azuis e ouro-foscos deixaram de lado suas diferenças e se juntaram a seus antigos críticos, além de artistas e escritores de todo tipo, para condenar o novo absurdo.

Eles acabaram desacreditando a teoria pelo simples fato de ser derivada de ideias correntes na Austrália Exterior. Os homens das planícies não se opunham sempre a empréstimos e importações, mas em questão de cultura tinham desenvolvido um desprezo pelo que lhes pareciam barbarismos de seus vizinhos das cidades litorâneas e dos campos úmidos. E quando os homens das planícies dotados de mais sagacidade convenceram o público de que este último grupo estava se baseando numa maçaroca das piores noções forasteiras, os membros do grupo desprezado preferiram atravessar a Grande Cordilheira Divisória em vez de enfrentar a inimizade de todos os homens pensantes das planícies.

Então, como o desacreditado grupo tinha originalmente usado sua teoria para atacar tanto os verde-azuis quanto os ouro-foscos, as duas facções gozaram por um tempo de uma bela dose da boa vontade generalizada em termos de arte, pois, como um comentarista lembrou ao público (na prosa bombástica daquela era): "As ideias deles podem não nos ser hoje mais toleráveis do que o foram outrora. Mas reconhecemos que tenham uma inspiração basilar provinda de nossa incomparável paisagem e, portanto, que estejam ligadas, conquanto que de modo tênue, ao grande corpo formado por nossa amada mitologia. E o que eles propõem parece mais do que razoável quando comparado às bisonhas falácias que ora banimos de nossas planícies: o especioso argumento de defesa do artista que se ocupa da distribuição da riqueza material ou das obras do governo ou da libertação dos homens dos grilhões da moralidade em nome de uma licenciosidade universal mascarada de Liberdade".

Mas, como eu sabia graças à minha pesquisa em livros emprestados e às minhas longas conversas em bares, o público logo se cansou das querelas entre artistas. Por muitos anos as duas teorias rivais foram objeto de interesse de uns poucos obcecados que se debruçavam sobre vinhos acres em bares de fundos ou puxavam conversa com conhecidos casuais em vernissages de galerias de arte de segundo nível.

E no entanto os anos do que alguns gostavam de chamar de Segunda Grande Era das Explorações foram o período em que surgiram os dois grupos que se orgulhavam de ser chamados de Lonjuristas e Leporinos. E as duas cores ressurgiram — não apenas em lapelas mas em espalhafatosos estandartes de seda que abriam desfiles públicos e em flâmulas escritas à mão que encimavam portões. As disputas daqueles dias tinham pouco a ver com poesia ou pintura. Os autoproclamados Lonjuristas defendiam ser homens de ação. Eles se diziam os verdadeiros homens das planícies, prontos a levar os limites das pastagens a regiões havia muito esquecidas. Os Leporinos insistiam que eram *eles* os pragmáticos e contrastavam seus planos realistas de uma colonização mais adensada com os grandiosos esquemas de seus oponentes para povoar um deserto.

Trinta anos mais tarde as cores se faziam ver basicamente nos minúsculos broches esmaltados que os agentes do Estado e proprietários de pequenos negócios usavam com discrição. Eram os distintivos dos dois maiores partidos do governo local. Verde-azul marcava o Partido Mercantil Progressista, com sua política de estabelecer novas indústrias e construir estradas de ferro entre as planícies e as capitais. Ouro era a cor da Primeira Liga das Planícies, cujo slogan era "Compre mercadorias locais".

Os grandes donos de terras daqueles tempos tendiam a não se imiscuir na política. E no entanto observava-se que ao final de cada temporada de polo, quando dois times mistos eram montados a partir das dúzias de pequenas associações e ligas, os times que se chamavam de Planícies Centrais usavam sempre certo tom de amarelo quando jogavam contra os homens que representavam as Planícies Exteriores. No programa oficial o uniforme das Planícies Exteriores era descrito como sendo "verde--mar", mas o mar estava a quase mil quilômetros dali.

Conversei com homens que quando meninos estiveram nas arquibancadas para ver essas partidas de polo. Alguns deles, quando paravam para pensar, lembravam de palavras soltas que provavam que seus pais sabiam o que estava no ar. Mas meus informantes tinham certeza de que na infância não viam nada de amedrontador no caótico choque das cores. Um verde-azul podia se desgarrar e disparar sozinho na direção do gol distante. Um grupo de ouros correria atrás dele, diminuindo a distância, com a própria inclinação do corpo de cada um — colado na crina que voava ao vento — sugerindo já uma ameaça. Mas ainda assim aquilo parecia apenas esporte — o jogo tradicional das planícies, cujos termos técnicos geravam uma parte tão grande das figuras de linguagem que compunham o dialeto dos homens das planícies.

Eles sabiam agora, pelo que me disseram, que aqueles anos tinham sido um intervalo de perfeição meteorológica nas planícies. O díptico das cores dos cavaleiros insinuava a todo momento algum padrão prestes a surgir no campo empoeirado. Lá no céu as inumeráveis nuvens das planícies formavam seus vastos padrões próprios e igualmente instáveis. A densa plateia ficava em silêncio quase total (como tende a acontecer com as plateias das planícies, onde o ar vazio devolve poucos ecos e mesmo o grito mais alto pode ser seguido por um silêncio súbito e incômodo). E as crianças viam o que viriam a lembrar no futuro como nada mais que uma rivalidade saudável entre times formados pelos melhores cavaleiros das planícies.

Os homens das planícies ainda se ressentiam do termo "sociedade secreta", que no entanto parecia ser o único nome possível para os dois misteriosos movimentos que tinham se espalhado durante anos pelas redes de clubes de polo e provavelmente também por jockey clubs e ligas de atletismo e associações de atiradores. Nenhum líder jamais foi identificado. Os cavaleiros e atiradores que praticavam em recantos solitários de propriedades afastadas conheciam apenas seus comandantes imediatos. Mesmo os concílios que se reuniam em salas de estar com painéis de madeira e sob bandeiras de seda (com desenhos novos mas sempre com a proeminência de uma entre duas cores bem conhecidas) pareciam ser conduzidos sem mostras de deferência para com aqueles três ou quatro que em segredo tinham escolhido um líder entre seus colegas.

É quase certo que as duas sociedades tenham começado com um mesmo propósito geral — a promoção do que quer que distinguisse as planícies do resto da Austrália. E deve ter demorado muitos anos para que qualquer uma delas considerasse a proposta radical da independência política absoluta das planícies. Mas era inevitável que os mais ousados dos teóricos de cada grupo acabassem ganhando influência. A Irmandade das Infindas Planícies se dedicava a um complexo projeto de transformação da Austrália em uma União de Estados cuja capital ficaria bem no interior e cuja cultura lhe brotaria das planícies e escorreria para as beiradas. Os distritos litorâneos seriam então vistos como mera fronteira onde costumes verdadeiramente australianos eram conspurcados pelo contato com o Velho Mundo. A Liga dos Centralistas queria nada menos que uma República das Planícies autônoma com postos de fronteira e sentinelas em cada estrada e uma linha férrea que atravessasse a Grande Cordilheira Divisória.

Sempre supus que os homens das planícies considerassem a rebelião como algo de certa forma degradante. E logo que fiquei sabendo da história das planícies eu duvidei das histórias de exércitos particulares disfarçados de times de polo. Meus amigos nos bares me ofereciam parcas evidências. Mas de qualquer maneira suas narrativas não acabavam em batalhas campais. Na atmosfera úmida de um certo verão, os homens começaram a resmungar dizendo que a hora tinha chegado. Foi uma temporada de tempestades excepcionais, tanto que mesmo a terra mais aberta parecia comprimida por uma tensão inominável. Então chegou a notícia de que as planícies tinham se decidido pela paz.

Nenhuma das pessoas que transmitiram a mensagem sabia em que biblioteca ou sala de fumar de qual mansão tinha sido tomada a decisão. Mas quem ouviu a notícia percebeu que em algum lugar de uma das mais antigas propriedades algum grande homem das planícies tinha perdido de vista uma visão particular das planícies. Eles ouviram a notícia e voltaram a suas rotinas tranquilas e talvez tenham percebido no ar a claridade vítrea do outono que se aproximava.

Por alguns anos depois disso houve brigas violentíssimas seguindo os grandes duelos anuais de polo. Um homem que tinha visto o pai perder o olho numa tarde de sábado me disse anos mais tarde que esse era o único tipo de luta de que os homens das planícies jamais foram capazes. Nunca foi provável, ele me falou, que viesse a haver exércitos das planícies marchando com os estandartes dos verde-azuis ou dos ouro-foscos em combate aos forasteiros. Algum proprietário, isolado em suas salas forradas de livros por trás de varandas protegidas por árvores e hectares de gramados no coração de seus quilômetros de terras silenciosas, andou sonhando com uma terra que devia ter existido. Falou com outros como ele. Todas as características das sociedades secretas, os ensaios privados impressos para reviver querelas esquecidas, os planos sussurrados de campanhas militares — tudo isso tinha sido obra de homens solitários, alucinados. Falavam de separar as planícies da Austrália quando eles mesmos já estavam isolados em suas grandes ilhas relvadas impossivelmente distantes do continente.

O filho do brigão me disse que em todas as batalhas nos fundos de pavilhões esportivos e em varandas de hotéis as cores arrancadas dos paletós dos homens ou amarrotadas por punhos ensanguentados significavam apenas as duas associações esportivas dos "Centrais" e dos "Exteriores". Ele dizia nada saber de uma história que eu tinha ouvido em outro lugar e que falava de um terceiro grupo que interrompia os grandes duelos anuais e entrava no meio da briga mais ferrenha até forçar os verde-azuis e os ouros a se unir contra eles. E no entanto eu sabia que algumas associações locais acabaram se combinando por um breve período para escalar um time com o nome de Austrália Interior e um uniforme vermelho que representava o nascer ou o pôr do sol ou, talvez, alguma outra coisa não declarada. Eu me pergunto quanto aqueles obscuros desportistas sabiam a respeito do grupo dissidente que um dia foi expulso da Irmandade das Infindas Planícies. Os Australianos Interiores pareciam ter desaparecido com uma velocidade ainda maior que as duas outras sociedades. Mas ao menos tinham sido objeto de discussões ocasionais em revistas históricas. Como a Irmandade de que se separaram, os Australianos Interiores propunham que todo o continente conhecido como Austrália fosse uma única nação com uma só cultura. Insistiam, claro, que a cultura fosse a das planícies e não a dos costumes espúrios do litoral. Mas enquanto a Irmandade desejava um governo australiano dominado por homens das planícies, com uma política de transformação do continente em uma gigantesca planície, os Australianos Interiores se negavam a falar de poder político, que diziam ser uma completa ilusão.

Na verdade, os Australianos Interiores tinham se dividido. Os que permaneceram por mais tempo na memória defendiam uma empreitada militar apressada. Sua esperança era não o sucesso, mas um fracasso memorável contra números muito superiores. Estavam decididos a se conduzir, depois de presos, como cidadãos de uma nação real que estivessem detidos pelas forças armadas de uma antinação composta dos negativos de todos os atributos da Austrália Interior.

Uma minoria (alguns diziam que eram apenas dois ou três) sustentava que as planícies jamais receberiam o que lhes era devido enquanto o continente então conhecido como Austrália não fosse rebatizado de Austrália Interior. Não precisava acontecer nenhuma outra mudança no que se referia à aparência ou à condição do que antes se chamava Austrália. Os litorâneos descobririam logo o que os homens das planícies sempre souberam — que falar de uma nação pressupunha a existência de certas paisagens influentes mas raramente vistas, bem no fundo do território a que as pessoas se referiam.

Então, era o que se dizia, não muito antes do desmoronamento repentino das sociedades secretas, um homem tinha se dissociado da minoria de Australianos Interiores e adotado a posição mais radical de todas. Negava a existência de uma nação com o nome de Austrália. Existia, ele admitia, certa ficção legal que os homens das planícies por vezes tinham que observar. Mas as fronteiras das Nações reais ficavam gravadas na alma dos homens. Segundo as projeções da geografia real, ou seja espiritual, as planícies claramente não coincidiam com uma pretensa terra australiana qualquer. Os homens das planícies tinham liberdade portanto para obedecer a qualquer parlamento de Estado ou Comunidade (como, claro, sempre fizeram) e até para participar do Movimento da Nova Nação, que as sociedades secretas já tinham condenado como uma farsa. Era útil que os homens das planícies parecessem cidadãos de uma nação não existente. A alternativa seria perturbar uma equilibrada cadeia de equívocos e ver as fronteiras das planícies atacadas por uma horda de exilados da nação que jamais existiu.

Perto da hora do almoço no bar quase vazio, tentei recordar as anotações que tinha feito alguns dias antes enquanto lia um artigo acadêmico numa das três revistas quinzenais de críticas e comentários publicadas nas planícies. As anotações estavam no meu quarto no andar de cima, mas eu não podia sair do bar — os proprietários de terras podiam me chamar a qualquer momento. (Não tive tempo nem de fazer a barba ou lavar o rosto, mas os postulantes que conseguiam uma audiência no segundo dia sempre cuidavam de parecer emaciados e desgrenhados. Os proprietários gostavam de pensar que por mais que eles mesmos não tivessem dificuldades para lidar com uma noite de bebida, seus protegidos eram feitos de matéria mais frágil.)

O autor do artigo parecia defender que todas as disputas entre facções nas planícies eram sintomas de uma polaridade básica do temperamento do homem das planícies. Qualquer pessoa cercada desde a infância por uma abundância de terra plana há de acabar sonhando com a exploração alternada de duas paisagens — uma continuamente visível, mas jamais acessível e outra sempre invisível apesar de cruzada e recruzada todo dia. O que eu não conseguia recordar era a teoria a que ele chegava nos densos parágrafos finais do artigo. O autor postulava a existência de uma paisagem onde um homem das planícies pudesse finalmente resolver os impulsos contraditórios que sua terra nativa gerava. Depois do almoço, quando já estava de novo bebendo firme e as coisas à minha volta já tinham recobrado a vivacidade, consegui me lembrar de uma anotação que havia feito na margem do artigo do acadêmico: "Sendo cineasta, estou preparado de maneira admirável para explorar essa paisagem e fazer com que possa ser revelada aos outros".

Quando a tarde ia acabando eu tinha visto talvez vinte postulantes entrarem sozinhos no salão interno e voltarem a sair. E tinha percebido que os maiores grupos entre eles eram os dos designers de brasões e fundadores de religiões.

Antes de suas entrevistas os homens desses dois grupos ficavam invariavelmente tensos e angustiados e cuidavam para não deixar escapar qualquer detalhe de seus projetos para os rivais. Com o passar do tempo ficava claro que poucos tinham sucesso na sala interna. Os proprietários eram famosos por sua obsessão com brasões e formas de artes heráldicas características das planícies. E apesar de quase nunca se discutir religião nas planícies, eu sabia que ela também tinha seus devotos passionais em quase todos os casarões. Mas os postulantes especializados nesses temas competiam com experts que já gozavam da preferência dos donos de terra. Nenhum casarão poderia prescindir de seus conselheiros residentes de arte emblemática. Em geral as famílias escolhiam os novos funcionários entre os filhos e sobrinhos dos empregados mais velhos, acreditando que suas tradições só estavam seguras nas mãos de homens expostos a elas desde a infância. Mesmo quando um forasteiro era selecionado, esperava-se que tivesse passado alguns anos adquirindo por conta própria um conhecimento detalhado da genealogia, da história e das lendas familiares, e também das preferências e inclinações que se revelam apenas em conversas íntimas noite adentro, entradas apressadas em diários largados sobre mesas de cabeceira, esboços de pinturas pendurados atrás das portas, poemas manuscritos rasgados nas últimas horas que antecedem a aurora. Quando um cargo ficava vago era até possível que um lacaio da casa ou o tutor das crianças anunciasse que seus anos de serviço fiel haviam sido apenas um meio para se qualificar como criador de arte heráldica. Então os membros da família ficavam sabendo o motivo para o estado incomum de alerta que tinham percebido muitas vezes naquele homem, sua aparição indesejada em certos cômodos em momentos inadequados, seus pedidos formalizados de passar as poucas horas vagas na biblioteca, o fato de ser visto nas pastagens mais afastadas coletando plantas raras ou de ser descoberto depois em seu alojamento examinando o formato das folhas com uma lente de aumento que semanas antes desaparecera da gaveta particular de alguém. Mas um designer de talento tinha tanto valor que se o homem comprovasse sua competência ele recebia a posição que cobiçava e ganhava somente elogios por seus esforços durante todos aqueles anos de estudo furtivo.

Os casarões exibem seus emblemas e brasões e librés e cores esportivas sempre que podem. Famílias que há gerações desprezaram toda e qualquer exibição de riqueza ou de influência chamavam a atenção dos visitantes para certo padrão desenhado na prataria e no conjunto de mesa ou para a escolha de cores na madeira pintada de aviários ou estufas a céu aberto. Eu tinha lido quase nada do imenso volume de comentários acadêmicos a respeito de uma questão que atingira extremos de refinamento entre o povo das planícies. Me lembrei de um ensaio de um filósofo esquecido que ganhava a vida com suas contribuições para as páginas de sábado de um jornal decadente. Esse escritor tinha defendido que todo homem é no fundo alguém que viaja por uma paisagem sem limites. Mas mesmo os homens das planícies (que deviam ter aprendido a não temer os imensos horizontes) buscavam marcos e placas no território inquietante do espírito. Um homem das planícies que se via compelido a multiplicar as aparições de seu monograma ou de alguma escolha diferente de cores no mundo visível das planícies estava apenas demarcando os limites do território que reconhecia. Esse homem teria ganhado mais se fosse explorar o que quer que estivesse além das ilusões que podiam ser representadas por simples formas e motivos.

Esse relato era questionado por outros teóricos que defendiam que uma preocupação com os emblemas era exatamente o tipo de exploração que o filósofo defendia. Assim, quando um homem exibia suas cores nas encadernações de sua biblioteca, ele afirmava, com talvez um vago excesso de crueza, que ainda não vislumbrava os confins das regiões que conhecia no coração.

Os donos de terra não participavam das eruditas discussões sobre seus objetivos. E não porque lhes faltasse o gosto pelas tarefas intelectuais mas porque a prática real da arte heráldica já oferecia mais do que o necessário para a mais ativa das mentes. Muitos proprietários se juntavam aos designers que tinham contratado na minuciosa tarefa de encontrar um tema subjacente a toda a história de sua família, algum motivo sugerido pela estrutura geológica de suas propriedades ou algum ideograma de uma espécie de planta ou animal exclusivo do seu distrito. E enquanto essas tarefas iam se cumprindo nos casarões, os muitos estudantes e acadêmicos desempregados que se dedicavam ao tema iam ampliando seu conhecimento ou aperfeiçoando suas habilidades em bibliotecas públicas e museus e estúdios alugados e também em meio aos pântanos vizinhos e às plantações de propriedades cuja amplidão e complexidade sonhavam poder reduzir a uma imagem estilizada sobre um campo simples.

Alguns daqueles que estavam à espera dos grandes donos de terra no bar do hotel me explicaram que a aposta mais segura era tentar convencer um dado proprietário de que a arte heráldica de sua família era derivada de um elenco estreito demais de disciplinas. Um postulante pretendia expor os resultados de sua pesquisa entomológica para defender que os tons metálicos e os prolongados rituais de certa vespa de habitat restrito podiam corresponder a algo que ainda não tinha sido expresso pela arte da família cujo mecenato tentava obter. Outro queria oferecer o que descobriu depois de anos de estudos meteorológicos, seguro de que certo proprietário não deixaria de perceber o quanto lhe eram relevantes os caprichos de um vento sazonal quando se acercava de suas terras.

Havia outros que abordavam os proprietários trazendo como recomendação apenas seus projetos para a exibição mais ampla das cores e dos aparatos já estabelecidos numa família. Ouvi falar de um esquema para a construção de um sistema de aquários internos e para encher cada tanque com peixes de uma única espécie mas dispondo-se o conjunto todo de modo que os espectadores pudessem ver, através de camadas espessas de vidro diáfano e de extensões de água levemente turva e imagens de água turva no vidro levemente turvo, padrões multiformes de duas cores relevantes. Um homem tinha aperfeiçoado um processo para aplicar os pigmentos mais intensos à selaria mais refinada. Outro falava reservadamente de um teatro, decorado de maneira previsível, mas com uma cena de marionetes que imitariam até os personagens representados por um mero caule de planta ou uma listra colorida no conhecido brasão da família. Os mais reservados dos homens que esperavam seriam úteis apenas para um proprietário que fosse também apaixonado por segredos. Havia uns poucos líderes de famílias desse tipo, que passavam anos elaborando seus emblemas, mas então os ocultavam parcial ou completamente. Podiam falar deles com orgulho para poucos amigos, mas lhes restava a apreciação solitária de uma doce harmonia ou de um contraste impressionante de que só eles teriam plena consciência. Um postulante que estivesse atrás desses homens levava todo o estoque de painéis e de lentes, tingidas de maneira misteriosa, para alterar ou apagar certas cores; pigmentos sensíveis ao mais leve raio de sol; telas e forros e rolos de seda de espessura dupla.

Todos esses grupos tinham certas justificativas para se aproximar até de um proprietário que se sabia ter decidido havia muito tempo os padrões e cores que representavam tudo que lhe importava. Mas havia também alguns postulantes que tinham somente um conhecimento geral de seu tema. Esses ofereciam educadamente seus serviços aos proprietários ali reunidos, na esperança de que um casarão pudesse ter acabado de declarar "velada" sua arte heráldica.

A palavra tinha passado a ser usada de modo figurativo no meu tempo, mas em outros momentos uma carruagem podia ser vista com uma peça de veludo preto ou roxo estendida sobre cada um de seus painéis pintados. E quando o cocheiro, desconfortável em sua roupa cinzenta improvisada, conduzia os cavalos pela curva da entrada da casa no fim do dia, certas janelas meramente refletiam a uniforme cor do céu, tendo o mesmo veludo escuro pendurado atrás delas por causa de algum pequeno painel colorido.

Designers itinerantes por vezes ficavam sabendo de um velamento quando observavam vagos sinais de irritação ou insatisfação entre membros de uma grande família ou ouviam falar de longas conferências em bibliotecas trancadas e de criados que depois disso ficavam trabalhando até a meia-noite para guardar livros e manuscritos que tinham passado anos sem ser tocados. Mas em geral os velamentos eram anunciados com tão pouca antecedência que até um designer empregado pela casa seria apanhado de surpresa (e obrigado sem aviso prévio a questionar o valor do trabalho de uma vida inteira).

Às vezes não havia anúncio público — mais por causa de uma impaciência passageira com as formalidades do que por qualquer desejo de ocultar o evento. Mas alguém que visitasse uma mansão afastada podia imediatamente ver os sinais. Os mastros jaziam vazios sobre as quadras de tênis. Pintores trabalhavam nos pavilhões junto aos campos de polo. Operários instalados em andaimes de muitos andares arrancavam fragmentos de vidro de janelas de vitrais e, apesar da urgência da tarefa, paravam para olhar um certo ponto das planícies através das lascas informes de cor que teriam algum dia completado um símbolo famoso. Dentro da casa, envernizadores pisavam entre pilhas de linhas embaraçadas deixadas pelas costureiras que iam retirando das tapeçarias todos os vestígios de um emblema que um dia parecera fazer parte do próprio tecido. E em algum cômodo distante e silencioso os ourives, com olhos que as lentes presas sob suas sobrancelhas tornavam monstruosos, desencravavam de antigos patrimônios de família as joias de peças ora declaradas indignas delas.

Era esta a sombra de esperança que levava os mais despreparados dos postulantes para a sala interna do hotel — que algum proprietário ali pudesse estar justamente vitimado pela ligeira loucura que só poderia ter fim quando tudo que possuía estivesse gravado ou entalhado ou bordado ou pintado com provas de que ele tinha reinterpretado a própria vida. Isso eu havia aprendido com aqueles que estudavam emblemas. Mas sabia que era melhor não questionar os fundadores de religiões. Nunca tinha ouvido um homem das planícies falar com seriedade de suas crenças religiosas. Como os australianos do distante litoral, os homens das planícies muitas vezes elogiavam a religiosidade em geral como uma força que contribui para o bem. E, como no litoral, havia ainda uma minoria de famílias que frequentava os cultos dominicais, católicos e protestantes, nas severas igrejas paroquiais ou nas catedrais com seu incongruente aspecto europeu. Mas eu sabia que esses ritos e sentimentos banais pronunciados em público tinham muitas vezes a finalidade de desviar as atenções do que eram as verdadeiras religiões das planícies.

Elas floresciam em suas formas mais puras entre famílias que havia muito tinham abandonado as igrejas tradicionais (e com elas as memórias folclóricas do Império Romano tardio ou da Inglaterra Elisabetana) e passavam domingos que pareciam ociosos nos cômodos quietos de suas mansões isoladas. Nunca ouvi falar de uma seita que incluísse mais de três ou quatro pessoas ou se baseasse em princípios que pudessem ser codificados ou até parafraseados pelo mais eloquente de seus seguidores. Me garantiram que eram praticados rituais complexos e ouvi exaltações de sua eficácia. E no entanto parecia que homens que tinham passado dias e dias observando os sectários e até espionando essas pessoas em seus momentos mais privados só viram coisas que qualquer homem não religioso das planícies poderia ter feito — e considerado comuns e mesmo triviais.

Esse mesmo mistério pairava sobre o grupo que esperava comigo no hotel — os supostos fundadores de religiões. Eles não deixavam de ser impressionantes, mas nada do que diziam ou faziam podia ter explicado o fato de serem recebidos com tanta frequência nos casarões. (Eu tinha ouvido dizer que alguns conseguiam empregos permanentes. Trabalhavam por períodos breves, muito bem pagos, e depois perdiam as graças dos proprietários e eram dispensados ou davam sua tarefa por cumprida e se demitiam.) E um homem de uma profissão diferente que por acaso tinha observado um deles cortejando as graças de um grupo de proprietários tinha visto o sacerdote de uma fé desconhecida pedir somente para ficar ouvindo enquanto os grandes homens bebiam e conversavam. Num dado momento eu tinha começado a duvidar da existência desses credos esotéricos das planícies. Mas então alguns homens das planícies me foram indicados. Só posso explicar a impressão que me causaram dizendo que pareciam saber o que a maioria dos homens só intui. Em algum lugar entre as gramíneas ondulantes de suas propriedades ou nos cômodos menos visitados de suas imensas residências, tinham aprendido as histórias reais de suas vidas e conhecido os homens que poderiam ter sido. Toda vez que me ocorreu a possibilidade de invejar os homens das planícies que derivavam tamanha força de sua religião privada, eu subi para o meu quarto de hotel e me sentei compenetrado para tomar mais notas para o roteiro do meu filme como se isso fizesse parte da minha própria trajetória religiosa que algum desconhecido quisesse compreender.

Fui convocado à sala interna bem no momento em que a autoridade e a prodigalidade dos grandes proprietários pareciam mais imponentes. Num dos corredores que levavam até o bar onde eles estavam, espiei por cima do ombro e vi uma porta distante. A janela que ficava no alto da parede era um retângulo minúsculo de intensa luminosidade — um sinal de que as planícies lá fora sofriam sob o sol da tarde. Mas era uma tarde que os proprietários desconheciam em absoluto. História nenhuma que eu tivesse ouvido a respeito da riqueza daqueles homens pôde me impressionar mais do que o fato de eles nem se importarem com a perda de um dia inteiro. Entrei em sua sala enfumaçada ainda meio cego pelo fragmento entrevisto de um sol que eles desconsideravam. Meu único choque veio da visão da maca no canto. Talvez não fossem, eles todos, gigantes legendários. Um homem estava deitado imóvel sobre a lona simples. Mas somente a mão que lhe apertava desajeitada os olhos sugeria que seu sono não era livre de perturbações. Os outros estavam sentados com a coluna ereta nos bancos altos do bar. Um deles serviu cuidadosamente meio jarro de cerveja num vaso de estanho gravado com um curioso monograma e passou para mim. Com o pé, outra pessoa empurrou um banco na minha direção. Mas levou meia hora para que alguém me dirigisse a palavra.

Havia seis deles no bar, todos com ternos do tecido de padrão discreto que eu chamava de "tweed". Alguns tinham afrouxado a gravata ou aberto o botão do colarinho da camisa, e os sapatos de um dos homens (grossíssimas solas de couro e cabedais de um vermelho intenso com elaboradas espirais e arcos de pontos perfurados) estavam descaradamente desamarrados. Mas cada um deles tinha ainda uma firmeza e elegância que me fizeram passar os dedos pela minha própria gravata e girar os anéis que tinha nos dedos.

De início pensei que estavam apenas falando de mulheres. Mas então percebi três conversas bem distintas, todas avançando de maneira tranquila. Por vezes um assunto ou outro ocupava a todos, mas via de regra cada homem dividia sua atenção entre os três debates, debruçando-se pela frente de quem estava ao seu lado ou deixando por um momento o banco em que estava para abordar algum oponente em outro ponto do bar. E havia longos intervalos em que riam juntos de alguma piada que eu achava irrelevante ou intrigante. Estavam todos numa condição que eu mesmo esperava alcançar depois de mais uns copos de cerveja. Tinham perdido quase nada da dignidade habitual. Talvez falassem com uma ênfase um pouco exagerada ou gesticulassem mais do que o normal. Na minha opinião, baseada em minhas próprias experiências com o álcool, tinham bebido até ficarem sóbrios.

Naquela condição, como eu sabia, eram capazes de descobrir uma relevância alarmante em quase qualquer fato ou objeto. Eles se viam compelidos a repetir certas declarações devido ao tom de aparente profundidade. A história de cada homem ganhava a unidade de uma grande obra de arte, de modo que quando narravam algo de seu passado, eles se detinham nos mínimos detalhes por causa do sentido que derivavam do todo. Acima de tudo, viam que o futuro estava diante de seus olhos. Precisavam apenas lembrar mais tarde as iluminações que acabavam de receber. E ainda que elas não bastassem, podiam antever outra manhã em que viessem se abrigar do sol e começassem a beber firme e constantemente até que o brilho atordoante do mundo fosse um mero horizonte cintilante na borda mais distante de seu profundo crepúsculo particular.

Os proprietários não paravam de falar. Depois de esvaziar meu segundo copo eu estava pronto para me juntar a eles. Mas não tinham pressa de me entrevistar. Fiz força para não demonstrar impaciência. Queria provar que já estava aclimatado aos modos deles; que estava disposto a deixar tudo de lado e devotar uma hora ou um dia ao pensamento especulativo. E assim fiquei sentado e bebendo e tentando acompanhar o que diziam.

PRIMEIRO PROPRIETÁRIO: ... a nossa própria geração exagera demais quando quer definir a compleição ideal de uma mulher. Ninguém quer a esposa ou a filha marrons por causa do sol. Mas será que eu sou um pervertido só porque prefiro uma palidez que não seja totalmente sem imperfeições? Com toda sinceridade. Eu passei a vida toda sonhando com uma certa distribuição de... eu me recuso a empregar aquela palavrinha banal: "sardas". A cor tem que ser um ouro delicado, e eu quero topar com elas no que pareça um local adequado. Elas ficam afastadas umas das outras, mas eu consigo ver como que uma constelação se quiser. Ouro sobre branco puro.

SEGUNDO PROPRIETÁRIO: ... abetardas, claro, e errantes, e codorninhas pintadas e codorninhas do restolho e aquele cantorzinho marrom com o seu chamado esquisito. E eu fico me perguntando...

TERCEIRO PROPRIETÁRIO: ... com os nossos moledros de pedra em cada encosta e as placas na beira da estrada e inscrições preservadas nos troncos de árvores. Mas nós esquecemos que em geral esses sujeitos não podiam ser chamados de gente da planície. Essa obsessão com os exploradores. Por favor, não me levem a mal; é uma tarefa importante que nós realizamos. Mas a visão das planícies que nós todos estamos buscando — não vamos esquecer que os primeiros exploradores talvez nem estivessem esperando uma planície. E muitos acabaram voltando para os portos. Claro que eles contaram vantagem pelo que tinham descoberto. Mas o sujeito que eu quero estudar é aquele que veio para o interior verificar que a planície era exatamente o que ele esperava. Aquela visão que todos nós estamos buscando...

QUARTO PROPRIETÁRIO: ... (Tira o paletó e enrola a manga da camisa até o cotovelo. Examina a pele do antebraço.) Tenho que admitir que depois desses anos todos eu não sei quase nada sobre a minha pele. Nós todos somos gente das planícies, sempre dizendo que tudo que vemos é um marco que aponta alguma coisa mais distante. Mas e nós sabemos para onde o nosso corpo está nos levando? Se eu fizesse uns mapas da pele de todos nós. Assim, claro, projeções como a Mercator. Se eu mostrasse a vocês todos, vocês reconheceriam a própria pele? Eu podia até apontar umas marcas parecidas com cidades espalhadas ou capões de árvores em planícies que vocês nunca imaginaram, mas o que é que vocês iam saber me dizer desses lugares?

PRIMEIRO PROPRIETÁRIO: Eu estou falando da minha mulher ideal, não esqueçam — a única mulher de que nós temos autoridade para falar.

SEGUNDO PROPRIETÁRIO: Claro que eles voam, e árvore é o que não falta nas planícies. Mas o ninho eles fazem no chão. E a abetarda nem faz ninho — só cava um buraquinho na terra seca. Eu não estou interessado nessas conversas de evolução, de instintos e essa bobajada. A ciência é toda puramente descritiva. A minha questão é o porquê da coisa toda. Por que algumas aves se escondem no chão quando são ameaçadas pelos inimigos? Deve ser sinal de alguma coisa. Na próxima vez que vocês virem um ninho de abetarda, podem se perguntar. Deitem e tentem se esconder no terreno aberto para ver o que acontece.

QUINTO PROPRIETÁRIO: Claro que nós deixamos de lado os primeiros colonizadores — os sujeitos que ficaram na terra que tinham explorado?

TERCEIRO PROPRIETÁRIO: Mas mesmo depois de anos na planície eles podiam não ter esquecido um outro tipo de terra ou a terra que esperavam encontrar não fosse o fato de que a planície parecia que não acabava nunca.

QUARTO PROPRIETÁRIO: Eu estou tentando lembrar aqueles versos de "Um guarda-sol à tarde" — uma obra-prima esquecida; um dos maiores poemas românticos que as planícies já geraram. Aquela cena em que o homem das planícies vê a moça de longe com as pastagens todas boiando na luz distorcida pelo calor. E nem me venham com aquela objeção de sempre: que a poesia daquele tempo nos transformava numa paródia do que somos, travados na postura de olhar para sempre à distância.

SEXTO PROPRIETÁRIO: Essa cena é a *única* que eu lembro do poema todo. Duzentas estrofes sobre uma mulher vista de longe. Mas é claro que ele mal menciona a mulher. O que importa é o estranho pôr do sol em volta dela — a outra atmosfera sob o guarda-sol.

QUARTO PROPRIETÁRIO: E quando vai andando devagar na direção da moça ele enxerga uma aura, uma esfera de ar luminoso, embaixo do guarda-sol, que era de seda, lógico, e amarelo-claro ou verde, e translúcido. Ele nunca chega a ver direito a fisionomia dela com aquela luz. E faz umas perguntas impossíveis: que luz é mais real — o sol cortante do lado de fora ou a doce luz que cerca a mulher? será que o próprio céu também não é um guarda-sol? por que pensamos sempre que a natureza é real e as coisas que fazemos são menos? E claro que ele quer saber por que homens como ele só conseguem tomar posse do que encontram nos cantos escuros de umas bibliotecas com janelas que dão para o sul, protegidas por varandas e pela sombra das árvores.

SEGUNDO PROPRIETÁRIO: Quanta proteção a terra nos oferece? Nós somos todos abetardas ou codornas também, enxergando a planície como ninguém mais enxerga.

SEXTO PROPRIETÁRIO: Luz de sol falso que a pintura encerra,/ Ele sempre evitou. Mas uma terra,/ Nem antiga planície nem visão,/ Por vezes atraiu com seu clarão./ Agora a seda punha à sua frente/ Brilho estranho de outro céu, diferente.

QUINTO PROPRIETÁRIO: O fato é que os primeiros colonizadores ficaram aqui, supostamente porque as planícies eram a coisa mais próxima da terra que estavam procurando. Eu não consigo acreditar que nem as nossas planícies pudessem estar à altura daquela terra que todos nós sonhamos explorar. Mas ao mesmo tempo acho que aquela terra é só uma outra planície. Ou no mínimo que para chegar lá a gente tem que passar pelas planícies que nos cercam.

TERCEIRO PROPRIETÁRIO: Quem foi que disse uma vez que a planície devia conter todas as cidades e montanhas e praias que a gente queria visitar? No romance dele todos os australianos moravam no coração de algum tipo de planície.

SEXTO PROPRIETÁRIO: O guarda-sol é o filtro que cada um de nós quer manter entre o mundo real e o objeto do nosso amor.

SEGUNDO PROPRIETÁRIO: Nós ficamos falando do modo de vida da planície, mas todo mundo aqui pensa na esposa e nas filhas que estão esperando no coração de uma mansão de cem cômodos escuros. Os nossos avós em geral foram concebidos nuns ninhos iguais aos das codornas ou das abetardas. QUARTO PROPRIETÁRIO: Nós passamos quase a vida toda expostos ao vento. Vimos a sombra de nuvens inteiras se perder nos quilômetros da nossa pastagem. Mas cada um aqui se lembra, não é verdade, de alguma tarde numa varanda com o sol mal conseguindo passar pelas folhas das trepadeiras — ou numa sala de estar com as cortinas sempre fechadas do começo da primavera até o fim do outono. Às vezes vinham meses em que as planícies pareciam bem distantes e nós ficávamos a tarde toda dentro de casa bem felizes de ficar olhando um certo rosto branco.

PRIMEIRO PROPRIETÁRIO: Os poetas dizem que nós todos somos devotos da pele clara. Mas certamente há outros motivos para não deixarmos nossas esposas e filhas usarem roupa de banho? Nós sabemos que o sol do verão pode cegar para as possibilidades que existem além das planícies. E quando por acaso vemos o ar turbulento fervendo que nem água sobre a nossa terra ao meio-dia, a razão de virarmos as costas não seria o fato de aquilo lembrar o torvelinho sem sentido dos oceanos? Nos dias mais quentes de fevereiro nós ficamos com pena dos coitados dos litorâneos que passam o dia todo naquelas praias tristonhas de cara para o pior deserto do mundo. Rimos das poses que eles fazem ali diante dos seus oceanos e declaramos não entender por que eles ficam tão impressionados com a mera ausência de terra. E no entanto todo homem das planícies sabe daquelas casas em que as mulheres mais caras passam o dia sentadas embaixo de uma lâmpada até ficar com o corpo todinho marrom. Será que tem uma só pessoa aqui que nunca visitou essas casas e fingiu por uma horinha que as planícies não lhe valiam nada?

QUINTO PROPRIETÁRIO: Vocês conhecem a história do sujeito que nasceu tarde demais para ser o tipo convencional de explorador. Mas ele insistia que a exploração era a única atividade digna de um homem das planícies. Delimitou um quadrado da sua propriedade e passou anos desenhando os mapas mais detalhados daquela terra. Deu nome a centenas de detalhes que eu ou vocês íamos ter passado sem nem ver. E descreveu e desenhou plantas e aves como se ninguém as tivesse visto antes. Aí nos últimos anos de vida ele trancafiou todas as anotações e os mapas e ficava convidando quem quisesse explorar o mesmo lugar depois dele e escrever uma descrição. Quando comparassem as descrições, as diferenças entre elas revelariam as distintas qualidades de cada um: as únicas qualidades que eles poderiam dizer que os definiam.

TERCEIRO PROPRIETÁRIO: Eu tenho para mim que todos nós somos exploradores, cada um do seu jeito. Mas explorar é muito mais que dar nomes e descrições. A tarefa de um explorador é postular a existência de uma terra que fica além da terra conhecida. Se ele encontra ou não encontra essa terra e traz notícias dela nem é o mais importante. Pode decidir se perder nela para sempre e acrescentar mais um nome à lista das terras não exploradas.

QUARTO PROPRIETÁRIO: Mas os frequentadores desses lugares tendem a ser homens jovens. Todo mundo aqui lembra aqueles outros sonhos que nos vinham nos nossos dias mais quentes. Todo homem das planícies deu as costas por um momento para a estufa ou a casa de verão, os vestidos brancos e os guarda-sóis, e deixou o olhar seguir o vento norte. O litoral estava sempre a quase mil quilômetros de distância e em geral nós sabíamos que talvez nunca víssemos o mar. Mas aquela comichão na nossa pele quando olhávamos para o sul — para nós ela só seria aliviada com aplicação de brisas salgadas ou água de maré. E tinha até gente que dizia que a palidez das mulheres prometidas em casamento ia ficar mais desejável depois de alguma diversão com aquelas barrigas e coxas marrons e ásperas de areia grudada numa película de óleo transparente.

SEGUNDO PROPRIETÁRIO: E essa conversa toda de ser fiel à planície. Anos atrás nós nos recusamos a matricular nossas filhas nas grandes escolas perto do litoral porque podiam mandar as meninas jogarem hóquei seminuas no sol. E no entanto todo mundo aqui já viu a dança de acasalamento da abetarda. Eu fiquei horas olhando, deitado de bruços no mato. É a única ave que enlouquece daquele jeito. Se fôssemos consistentes com os nossos argumentos de fidelidade às planícies, não seria o caso de sair da sombra de nossa casa e copular no mato escondidos unicamente pelas imensas distâncias?

QUINTO PROPRIETÁRIO: E no entanto a própria planície ainda não foi completamente explorada. Dois anos atrás eu contratei um agrimensor e um historiador para preparar um mapa de todas as faixas de terra entre os distritos colonizados, todos os bolsões de mato e de árvores nas terras da Coroa e todas as terras ciliares livres. Todo mundo vê esses terrenos lá no limite das propriedades, mas nós só pensamos neles como o pano de fundo da nossa paisagem de sempre. Quando o mapa estiver pronto eu quero traçar a rota de uma jornada de mil e quinhentos quilômetros. E quando fizer essa jornada eu quero ver, só uma vez na distância, a possibilidade de uma terra que eu pudesse ter.

SEXTO PROPRIETÁRIO: Mas nas casas mais famosas eles sempre tinham umas meninas que deixavam os últimos bocados totalmente brancos. E você se esforçava para não ficar sabendo antes quais eram essas meninas. E aí de vez em quando — no momento em que se entregava às fantasias infantis mais absurdas e se perdia em algum ritual ensandecido do litoral —, bem quando estava prestes a tomar posse do objeto que tinha te levado tão longe da sua própria terra, você acabava vendo a cor que tinha traído.

TERCEIRO PROPRIETÁRIO: Envie os próprios agrimensores e planeje as suas jornadas solitárias. Você vai acabar passando a vida em busca das planícies erradas. Todo dia depois do café da manhã eu passo meros dez minutinhos andando pela minha coleção de obras da grande era das paisagens. Quando me afasto de uma pintura eu fecho os olhos até estar parado na frente da seguinte. Depois desses anos todos eu sei exatamente quantos passos me levam de uma até outra. Estou tentando montar uma planície em que só existe o que os artistas dizem ter visto. E quando eu tiver encaixado essas paisagens todas numa única planície imensa, aí vou sair de casa um dia e começar a procurar uma terra nova. Vou sair em busca dos lugares que estão logo além dos horizontes de tinta; os lugares que os artistas sabiam que só conseguiriam insinuar.

SEXTO PROPRIETÁRIO: Os nossos poetas da moda só falam de mulheres cobertas de seda para se proteger do sol. Eu também leio. Sei que uma figura distante, toda de branco, embaixo da sombra de uma casa imensa no meio de uma tarde quente, pode ressignificar centenas de quilômetros de relva. Mas eu quero ler os poemas inéditos que hão de ter sido escritos em salas com janelas para o sul. Quero ler os poetas que sabiam que seus desejos podiam ser a chave para eles saírem até das terras mais selvagens. Não estou falando daqueles tolos que aparecem mais ou menos a cada dez anos dizendo que precisamos libertar nossos instintos e falar com franqueza com nossas mulheres. Há de ter existido alguns sujeitos que sabiam, sem abandonar o estreito distrito das planícies, o que era ter no coração todas as terras que poderiam visitar; e que suas fantasias de areias escaldantes e uma água azul imensa e pele nua marrom não vinham de algum litoral mas de uma região qualquer da sua própria planície sem fim. O que esses poetas descobriam todas as noites naquelas casas riquíssimas, caminhando com os pés afundados em tapetes dourados da cor de uma areia improvável sob espelhos que prolongavam o matiz nada sutil das paisagens marinhas emolduradas? Toda semana eu cumprimentava com a cabeça os poetas ao caminhar por longos corredores da casa em que achava estar explorando algum litoral. Mas nenhum deles chegou um dia a publicar sua história. E no entanto só a poesia poderia descrever o que estávamos fazendo de verdade naquelas cidades de calor absurdo sob céus entupidos de estrelas latejantes. Aquelas meninas todas tinham nascido nas planícies. Quase todas sabiam menos que nós do modo de vida do litoral. Mas faziam as poses desajeitadas que nós pedíamos. Quando se refestelavam no tapete amarelo com seus biquínis floridos, e os nossos dedos traçavam longas, tortuosas jornadas sobre aquela pele queimada, imaginávamos estar escapando das planícies. E no fim, gemendo em solidão, achávamos ter tomado posse de algo de que só os litorâneos gozavam. Mas um poeta podia ter reconhecido que homem nenhum do litoral jamais teve o privilégio de ver seus prazeres mesquinhos do ponto de vista da planície. E houve noites, como eu disse, em que encontramos entre nossos dedos a mesma palidez que sempre mantivemos oculta de nós nas planícies. Então suspeitamos que estavam rindo às nossas custas — que até naquele jogo do litoral, sobre a areia de mentira e diante de ondas pintadas, nossas mulheres guardavam em si alguma coisa das planícies.

SEGUNDO PROPRIETÁRIO: Quem é que pode saber o que uma codorna ou uma abetarda enxerga quando fica de vigia no coração de seu território? Ou quando passa horas desfilando na tentativa de impressionar seu par? Os cientistas fizeram uns experimentos que me deixam intrigado. Eles cortaram a cabeça de uma fêmea e espetaram numa vara e o macho passou a tarde toda dançando em volta dela, esperando algum sinal.

QUINTO PROPRIETÁRIO: Todo homem das planícies sabe que precisa encontrar seu lugar. O homem que fica no distrito nativo preferia ter chegado ali depois de uma longa jornada. E o homem que viaja começa a temer a possibilidade de não encontrar um fim adequado para a jornada. Eu passei a vida tentando ver meu próprio lugar como o fim de uma jornada que nunca fiz.

SÉTIMO PROPRIETÁRIO: (Desce da maca; vai a passos largos até o bar e se serve de uma dose de uísque; começa a falar como se não tivesse perdido nada da conversa até ali.) Um homem pode conhecer seu lugar e mesmo assim não tentar chegar lá. Mas o que é que acha o nosso postulante? O homem se virou para mim mas evitou meu olhar. Os outros pararam de falar e encheram de novo os copos. Vindo de algum lugar além da porta entreaberta, um raio de luz entrava na sala. Poucos espelhos, dispostos ao acaso, e talvez uma pequena janela esquecida cuja persiana tinha ficado aberta, podiam ter traçado a rota da luz da tarde pelos corredores escuros. O raio ambarino repousou no chão entre os homens e alguns se reacomodaram nos bancos para lhe dar espaço. Então fui até o centro do bar para falar e a luz desapareceu de entre eles. Mas, durante todo o tempo em que fiquei ali de pé falando, não deixei de sentir a distinção de alguém que tinha nas costas a marca da tarde.

Falei baixo e olhei sobretudo para o sétimo homem, que era meia cabeça mais alto que os outros e prestava mais atenção — apesar de ficar pressionando os olhos com a mão na posição que mantinha na maca. Eu lhes disse apenas que estava preparando o roteiro de um filme cujas cenas finais se passariam nas planícies. Aquelas cenas ainda não estavam escritas e qualquer um dos presentes podia oferecer sua propriedade como locação. Suas pastagens e seus amplos panoramas, seus gramados e aleias e lagos — tudo podia ser o cenário para o último ato de um drama original. E se por acaso o homem tivesse uma filha com certas qualificações, seria um prazer para mim consultar essa filha e até mesmo colaborar com ela na preparação das minhas últimas páginas. Estava fazendo essa oferta, eu disse, porque o fim da minha história dependia de uma personagem feminina que devia parecer uma autêntica moça das planícies.

Todos estavam ouvindo. Soube por um ligeiro adensamento do interesse que em sua maioria eles eram pais de garotas.

Conseguia até identificar os homens cujas filhas viviam reclamando que os panoramas que viam nos filmes pareciam terminar em lugares amplos e ermos mas nunca em planícies como as deles. Eram esses que eu tentava conquistar quando anunciei orgulhoso que meu filme mostraria até a textura das folhas da relva em socavos obscuros e dos rochedos cobertos de musgo nas formações isoladas de uma planície que qualquer um deles reconheceria apesar de ninguém ter visto mais que seus fragmentos. Quando olhei para o primeiro dos seis lembrei da conversa deles na hora que tinha se passado. Eu lhes disse que todas as suas preocupações particulares — os temas que descobriram na história da planície ou na matéria de suas próprias vidas — iam aparecer no meu filme como uma disposição de imagens simples mas eloquentes. Pois eu também sabia que sempre que abordava uma mulher eu queria apenas aprender o segredo de uma planície em particular. Eu também tinha estudado o comportamento das aves e queria ocupar um território com fronteiras e marcos invisíveis a todos que não pertencessem à minha rara espécie. E acreditava que todo homem tinha a vocação do explorador. O meu próprio filme seria num certo sentido o registro de uma jornada de exploração.

E então me virei para o sétimo dos grandes proprietários de terras e declarei que de todas as formas de arte era apenas o cinema que podia mostrar os horizontes remotos dos sonhos como terras habitáveis e, ao mesmo tempo, transformar paisagens familiares num cenário vago e adequado apenas aos sonhos. Eu iria ainda mais longe, falei, e chegaria a dizer que o cinema era a única forma de arte capaz de satisfazer os impulsos contraditórios do homem das planícies. O herói do meu filme via, nos limites mais extremos de sua consciência, planícies inexploradas. E quando procurava dentro de si as coisas de que tinha mais certeza, não encontrava quase nada mais definitivo que a planície. O filme era a história da procura desse homem pela única terra que podia ter estado por trás ou por dentro de tudo que já tinha visto. Eu podia chamar o filme — sem arrogância, esperava — de *A planície eterna*. O sétimo proprietário bateu com força o copo no balcão e se afastou de mim. Voltou a passos firmes para a maca e se acomodou. Não abri mais a boca. Fiquei pensando se tinha ofendido o homem que eu mais queria impressionar. E então ele começou a falar.

Uma das mãos pressionava a testa e sua voz era fraca. Esperei que os outros seis fossem na direção da maca para poder ouvir o que ele dizia, mas pareciam ter tomado o fato de ele se deitar como sinal de que sua longa sessão estava encerrada. Mesmo os poucos que se deram ao trabalho de esvaziar o copo saíram da sala enquanto eu pensava no que devia lhes dizer.

O homem da maca ficou com os olhos cobertos. Tossi para deixar claro para ele que eu ainda estava na sala, e me inclinei para ouvir suas palavras. Reconheci que devia ouvir, embora ele não tenha dado qualquer sinal de registrar minha presença. E apesar de todas as pausas e resmungos, não pude deixar de entender.

Ele achava que muito do que eu tinha dito era um disparate. Eu sabia, sem sombra de dúvida, que nenhum filme jamais tivera as planícies como cenário. Minha proposta sugeria que eu tinha desconsiderado as qualidades mais evidentes das planícies. Como esperava encontrar com tamanha facilidade o que muitos outros nunca tinham encontrado — um correlativo visível das planícies, como se elas fossem mera superfície que refletia o sol? Havia também a questão da filha dele. Será que eu imaginava que convencer a garota a ficar parada em frente às pastagens e olhar para uma câmera me faria descobrir sobre ela o que jamais ficaria sabendo nem se a seguisse por anos a fio com meus próprios olhos? Ainda assim ele acreditava que um dia eu poderia ser capaz de ver o que valia a pena ser visto. Se esquecesse minha necessidade juvenil de olhar para simples imagens coloridas das planícies, ele podia até aceitar que pelo menos eu estava tentando descobrir meu próprio tipo de paisagem. (E o que seria mais importante que a busca pelas paisagens? O que distinguia os homens afinal senão a paisagem que acabavam descobrindo por si sós?) Talvez, jovem e cego como era, fosse melhor eu me apresentar na sede da sua fazenda no dia seguinte ao pôr do sol. Seria recebido como hóspede pelo tempo que me conviesse. Mas seria melhor para mim aceitar, sem a menor pressa, um emprego na casa. Ele sugeriu "Diretor de Projetos Cinematográficos" mas imaginava que um dia isso me deixaria sem graça. Meu salário seria qualquer quantia decente acima e além das despesas envolvidas no cumprimento do meu dever. Não haveria, por óbvio, qualquer lista formal de deveres para restringir o escopo do meu trabalho.

Ele me liberou com um gesto mínimo. Eu o deixei ainda com os olhos cobertos e recordei, no corredor onde a tarde já ia anoitecendo, que em nenhuma ocasião ele tinha me olhado nos olhos.

Dormi do começo da noite até logo antes de o sol nascer. Levantei-me da cama e fui até a sacada para contemplar a aurora sobre a planície. Fiquei surpreso ao descobrir que os últimos minutos antes do nascer do sol, mesmo naquela região, ainda me enchiam de esperança de que algo diferente do sol de todo dia fosse aparecer. E justo naquela manhã me parecia estranho o fato de estar me vendo como personagem de um filme, e as ruas e os jardins lá embaixo, que já eram mais do que portentosos, como um cenário de importância redobrada.

Antes de guardar os livros e a papelada que estava sobre a mesa, escrevi na etiqueta de uma pasta: ÚLTIMAS IDEIAS ANTES DE COMEÇAR O ROTEIRO PROPRIAMENTE DITO. Então, numa folha em branco dentro da pasta, escrevi:

Em todas as semanas desde a minha chegada aqui só olhei duas vezes da sacada. Teria sido muito fácil ir explorar as planícies que começam no fim de quase qualquer rua da cidade. Mas será que teria sido possível possuir essas planícies como eu sempre quis possuir um pedaço de planície? Hoje à noite enfim terei diante dos olhos as planícies dela. As primeiras cenas de *O interior* começam finalmente a se desenrolar. Agora tenho só que colocar as minhas anotações em ordem e escrever.

E no entanto uma dúvida antiga retorna. Será que existe em algum lugar uma planície que pode ser representada por uma simples imagem? Que palavras ou que câmera seriam capazes de revelar as planícies dentro de planícies de que tanto ouvi falar nas últimas semanas?

A vista da minha sacada — agora, como se eu mesmo já fosse um homem das planícies, eu via não uma terra sólida mas a névoa instável que oculta certa mansão em cuja escura biblioteca uma garota olha o retrato de outra garota sentada lendo um livro que a faz pensar em alguma planície que já perdeu de vista.

Nesses estados de espírito é que suspeito que todo homem possa estar viajando rumo ao coração de alguma remota planície privada. Será que consigo descrever para os outros nem que sejam apenas as centenas de quilômetros que atravessei para chegar a esta cidade? E no entanto, por que tentar mostrar isto aqui como terra e como relva quando alguém distante pode ver tudo neste exato momento como mero sinal das coisas que estou prestes a descobrir?

E a esta altura o pai dela já há de ter revelado que estou indo na direção dela.

Em algumas das melhores lojas da cidade encomendei um arquivo de metal, uma câmera simples e uma abundância de filme colorido. Dei como meu endereço a propriedade do meu novo mecenas e gostei de ver o respeito que isso me garantiu. Deixei subentendido que um empregado do proprietário viria apanhar minhas mercadorias e pagar por elas no momento devido. Falei como se eu mesmo não fosse mais ser visto pela cidade por meses, no mínimo. Parecia o dia mais quente até agora na planície. Já antes do meio-dia meus amigos tinham vindo da rua para seus lugares no bar onde os conheci. Fiquei sabendo com eles que meu destino ficava a mais de cem quilômetros da cidade e já além mesmo dos distritos mais estéreis. E o sol da tarde estaria na minha cara durante todo o trajeto. Mas eu pensava na minha jornada como uma aventura por regiões ignotas numa rota que poucos conheciam.

Meus companheiros naquela última manhã no bar falaram, como normalmente faziam, de seus próprios projetos. Um compositor explicou que todos os seus poemas sinfônicos e esboços orquestrais tinham sido concebidos e escritos num raio de poucos quilômetros do lugar onde ele nasceu, numa das regiões mais escassamente povoadas da planície. Estava tentando encontrar o correlativo musical do som de seu distrito. Forasteiros mencionavam o silêncio total daquele lugar, mas o compositor falava de uma delicada mistura de sons que a maioria das pessoas não conseguia ouvir.

Quando sua música era executada, os membros da orquestra eram dispostos longe uns dos outros no meio da plateia. Cada instrumento produzia um volume que só podia ser ouvido pelos poucos espectadores que estivessem mais perto. A plateia podia se deslocar — silenciosa ou ruidosamente, como quisesse. Alguns conseguiam ouvir frases de melodia que eram tão sutis quanto o som de duas folhas de relva roçando uma na outra ou o latejar dos tecidos quebradiços dos insetos. Alguns chegavam até a encontrar um ponto de onde dava para ouvir mais de um instrumento. A maioria não ouvia música alguma.

Os críticos reclamavam que ninguém da plateia ou da orquestra poderia esperar ouvir a harmonia resultante de temas que mal eram apresentados. O compositor sempre disse em público que era exatamente isso o que pretendia: que o objetivo de sua arte era chamar a atenção para a impossibilidade de se compreender até uma propriedade tão óbvia de uma planície quanto o som que vinha dela.

Mas em particular e especialmente no hotel em que passei as últimas horas antes da minha viagem, o compositor lamentava que o mundo jamais chegaria a saber o valor final de suas obras. Durante cada ensaio ele andava por todo o auditório quase vazio na esperança — no fundo irracional, sabia — de escutar de algum ponto uma insinuação do todo cujas partes separadas conhecia tão bem. Mas raramente tomava consciência de algo maior que o tremor de uma única palheta ou corda. E quase invejava aqueles que ouviam o vento brincando sobre quilômetros de relva como algo mais que um silêncio tantalizante.

Achei adequado que minhas últimas horas na cidade transcorressem na companhia de um artista cuja obra estava perdida para o mundo. Eu já tinha pensado em *O interior* como um conjunto de cenas de um filme muito maior que só podia ser visto de um ponto de observação que eu ignorava por completo.

Então, na última meia hora antes de sair do hotel, um pintor que eu nunca tinha visto me contou uma história que cineasta nenhum podia ignorar.

Anos antes esse homem tinha começado a pintar o que chamava, por conveniência, de paisagens de sonho. Dizia ter acesso a uma terra derivada de suas singulares percepções. Era melhor que qualquer terra que outros chamariam de real. (O único mérito das ditas terras reais, dizia, era que pessoas de sensibilidade limitada podiam se locomover por elas caso aceitassem perceber apenas o que percebiam outras de sua espécie.) Suspeitava que apenas uns poucos atentos eram capazes de distinguir as características de sua terra. Mesmo assim se pôs a representá-la com auxílio das tradicionais telas e tintas, diminuindo um pouco sua estranheza em favor daqueles que viam apenas o que enxergavam.

As primeiras obras do pintor receberam críticas boas mas, achava ele, equivocadas. O público e a crítica viram suas camadas de dourado e branco como uma redução da planície a seus elementos essenciais, e seus redemoinhos de cinza e verde-claro como insinuações daquilo que a planície podia ainda vir a ser. Para ele, claro, eram marcos incontroversos de sua terra particular. E para enfatizar que o tema de sua arte era na verdade uma paisagem acessível, ele introduziu em suas obras posteriores certos símbolos óbvios — reproduções bem aproximadas de formas comuns tanto à planície quanto à sua própria terra.

Essas obras de seu "período de transição", como acabou conhecido, tiveram uma recepção ainda melhor. Partindo do vestígio de um padrão perdido em um exagero de laranja e de *gamboge*, os críticos mencionaram sua pacificação com as tradições da planície. E o verde excêntrico que emergia de um excesso de azul foi lido como sinal de que ele tinha começado a reconhecer as aspirações dos outros homens da planície.

O pintor viu que eu só pensava em ir embora. Interrompeu a história e previu que eu não encontraria terras novas por mais que viajasse. Quando ouviu falar do meu filme, disse que filme nenhum podia mostrar mais do que as vistas em que os olhos de um homem repousavam quando ele tinha desistido do esforço de observar. Contestei que a última sequência de *O interior* traria à luz meus sonhos mais estranhos e persistentes. O pintor disse que o homem não podia sonhar com nada mais estranho do que a simples imagem que ocorria a outro sonhador. E continuou com sua história.

Houve outros estágios naquilo que os críticos descreveram como seu desenvolvimento. Mas tudo que eu precisava saber era que ele agora estava pintando o que todos concordavam serem paisagens inspiradas. Em três anos mal saiu de seu estúdio, cuja única janela ficava coberta por densas sempre-vivas. Quando tinha que atravessar a cidade mantinha os olhos afastados

dos trechos de planície que surgiam no fim de quase toda a rua. Asseverava que agora via apenas a terra com que um dia sonhara. Mas a cada dia ele desviava os olhos de suas cores e formas familiares e compunha em suas telas certa visão de uma terra que só podia ser sonhada no tipo de região que ele agora habitava de maneira contínua.

Mostrou uma pequena reprodução colorida de uma de suas obras mais conhecidas. Me pareceu uma imitação grosseira de uma das paisagens em molduras douradas cobertas de vidro que eu tinha visto no departamento de mobílias da maior loja da cidade. Quando tentei pensar em algo para dizer, o artista me olhou fixamente e disse que aquele era para muitos homens da planície o único lugar afastado o suficiente para valer como cenário de sonhos.

Quando eu estava a mais de setenta quilômetros dali na estrada rumo à locação do meu filme, desejei ter perguntado ao artista se ele sabia que seus morros de cor púrpura e seu rio prateado podiam se passar por uma visão da Austrália Exterior.

Eu me encontrei com ela na minha primeira noite no casarão. Como filha única, ela sentou-se à minha frente, mas trocamos poucas palavras. Parecia não muito mais jovem que eu e portanto não tão jovem quanto eu teria desejado. E seu rosto não era tão imperturbado quanto eu torcia que fosse, o que me fez repensar alguns dos fascinantes close-ups das últimas cenas do meu filme.

Combinei de fazer apenas a minha refeição da noite com a família e passar quase o dia todo na biblioteca ou nos meus aposentos logo ao lado no piso superior da ala norte. Mas a família compreendeu que eu podia ser encontrado a horas incertas em qualquer parte da casa ou da propriedade. Como artista eu tinha o direito de procurar inspiração em lugares improváveis.

Meu mecenas, o pai da garota, exigia que eu passasse uma ou duas horas bebendo com ele na varanda toda noite depois do jantar. Na primeira noite, só ficamos ali sentados do outro lado das portas francesas da sala de estar. A esposa e a filha do homem ainda estavam na sala com algumas convidadas. Eu sabia que haveria muitas noites em que a varanda estaria cheia de convidados homens e protegidos com um estatuto igual ao meu. Mas naquela primeira noite, toda vez que a filha olhava para fora, na direção da planície iluminada pela lua, via o meu vulto escuro numa conversa íntima com seu pai.

Grilos estridulavam intermitentes nos gramados escurecidos. Uma única vez um maçarico soltou seu grito fraco, frenético em alguma pastagem distante. Mas o imenso silêncio da planície mal foi perturbado. Tentei visualizar a janela iluminada e as figuras contra ela como vistas de um ponto localizado na vasta escuridão à minha frente.

Sozinho no meu estúdio já perto da meia-noite comecei uma nova seção das minhas anotações numa pasta etiquetada: REFLEXÕES DA PLANÍCIE DEFINITIVA (?). Escrevi: A estrada que levava à fazenda saía de uma via vicinal cujas placas eram por vezes vagas e contraditórias. E quando parei diante do portão (verifiquei bem) não havia casa ou alpendre ou palheiro à vista em todos os quilômetros de terra que me cercavam. O lugar em que estava parado ficava no fundo de uma depressão rasa que media poucos quilômetros de uma borda à outra. E dentro do círculo desses horizontes eu era a única alma humana. O casarão do meu mecenas, claro, ficava em algum ponto do outro lado do portão, mas por certo não onde eu pudesse ver dali. O caminho que levava a ela nem mostrava a direção. Passava por trás de uma plantação de ciprestes no cimo de um morro baixo e não ressurgia. Quando meu carro foi entrando pela estrada eu disse a mim mesmo que estava desaparecendo em algum mundo particular e invisível cuja entrada era o ponto mais solitário da planície.

Agora o que me resta fazer? Estou tão perto do fim da minha busca que mal posso recordar como começou. Ela passou a vida toda nestas planícies. Todas as suas jornadas começaram e terminaram dentro desta terra enorme e silenciosa. Mesmo as terras com que sonha têm no seu coração um tipo próprio de planície. Não há palavras para descrever o que espero poder fazer. Descrever as paisagens dela? Explorá-las? Mal saberia pôr em palavras como vim a conhecer essa planície onde topei com ela pela primeira vez. Seria insensato falar agora dos lugares mais estranhos que ficavam além dali.

Primeiro hei de ter uma compreensão íntima do território dela. Quero vê-la contra o pano de fundo dos poucos quilômetros quadrados que são só seus — as encostas e baixios e rios cercados de árvores que parecem comuns para outros mas lhe revelam centenas de significados.

Então quero trazer à luz a planície que só ela recorda — aquela terra reluzente sob um céu que ela nunca chegou a perder totalmente de vista.

E quero ver ainda outras terras que clamam por seus exploradores — aquelas planícies que ela reconhece quando olha de sua varanda e vê tudo menos uma terra familiar.

Por último quero me aventurar pela planície que nem ela conhece ao certo — os lugares com que sonha na paisagem moldada em seu próprio coração.

Durante os primeiros meses no casarão fui adequando meus métodos de trabalho aos ritmos mais tranquilos da planície. Todo dia de manhã eu me afastava um quilômetro ou dois da casa e deitava de costas para sentir o vento ou ficar olhando as nuvens que seguiam lentas sobre mim. Então o tempo que eu tinha passado na planície parecia não ser marcado por horas ou dias. Era como um período de transe ou uma longa sucessão de quadros quase idênticos que teriam abarcado cerca de um minuto num filme.

À tarde eu explorava a biblioteca, às vezes tomando mais notas para o meu roteiro mas em geral lendo as histórias inéditas das planícies e os diários e cartas encadernados, além dos documentos de família que meu mecenas me disponibilizava. E havia uma hora já no fim da tarde em que eu ficava esperando ao lado de certa janela para ver a filha da casa caminhando em minha direção por hectares e mais hectares de gramado, vindo dos estábulos depois de sua cavalgada diária até algum distrito que eu ainda não tinha visto.

Às vezes naqueles primeiros meses eu estava ainda lendo entre as prateleiras de materiais referentes às planícies quando ouvia sua voz chamando as codornas e abetardas semidomesticadas lá do outro lado do lago ornamental. Então, quando ia correndo até a janela e procurava por ela no parque sombreado, sua figura jamais se distinguia direito das imagens ainda gravadas na minha mente em função do que estivera lendo. Sozinha na distância ela podia ser a mulher de três gerações anteriores que a cada dia por quinze anos foi a destinatária de uma longa carta jamais entregue. Ou as imagens de arbustos e de céu ali no lago junto a ela podiam ter feito parte de uma das terras de fantasia das inéditas histórias infantis escritas por seu tio-avô, supostamente o mais pessimista dos filósofos das planícies. Ou indo lenta até as tímidas, hesitantes abetardas, ela podia ser a versão imaginada de si própria — a garota que eu tinha conhecido em seus primeiros diários, que foi morar com as tribos de aves que viviam no chão para aprender seus segredos, pelo que ela disse.

Mais para o fim do verão minhas anotações já eram tão abrangentes que eu às vezes as deixava de lado e procurava meios mais simples de conceber as cenas de abertura do meu filme. Ficava à janela, segurando contra o vidro uma pintura feita pela garota nos últimos anos de sua infância e tentando ver em algum detalhe a terra do outro lado como que suspensa entre as ondas translúcidas da tinta desbotada. Às vezes eu recortava um pedacinho do papel para que a vista distante das planícies reais aparecesse num ponto significativo de uma pintura. Uma vez grudei um detalhe de uma pintura no vidro bem no meio de um grande vazio retangular de uma pintura diferente. Quando essa combinação foi fixada à janela caminhei devagar em sua direção, murmurando uma música adequada aos primeiros quadros de um filme que tratasse de memórias e visões, e de sonhos.

No fim de uma tarde de outono eu levantei e abandonei a leitura das anotações a lápis que ela deixou nas margens dos ensaios coligidos de um viajante e filósofo natural já esquecido. Fui como sempre à toa até a janela e vi que ela não estava longe. Não havia sinais óbvios do outono naquela parte das planícies. Nas poucas árvores exóticas as folhas iam se enroscando pelas beiradas. Alguns cantos do gramado estavam pontilhados de minúsculas frutinhas azedas. E os horizontes pareciam um tanto menos vagos.

Supus que fosse a falta de algo na luz do sol o que deixava o rosto dela distinto de maneira assim tão surpreendente no que ela caminhava até a casa. Mas não soube explicar o fato de ela ter olhado para cima, como olhou, pela primeira vez, para a minha janela.

Estava poucos passos afastado do vidro, mas não esbocei um movimento para me aproximar. Na sombra onde ficavam algumas das primeiras obras que tratavam das planícies me esforcei para memorizar uma sequência de imagens que me ocorreu. No começo de um filme, ou em seu final (ou talvez a mesma cena pudesse servir para as duas situações), uma moça surgia de certa solidão no meio das planícies. Ela se aproximava de uma imensa residência. Contornando determinada ala de uma construção ela espiava pelas janelas de um complexo de cômodos decorados com brinquedos e os desenhos de giz de cera e aquarelas de uma criança. Chegava a um grupo de arbustos e ficava contemplando a vista de um jardim, ou de um jardim que se fundia com as planícies na distância, que só ela conseguia ver. (O corpo dela ficava entre a câmera e o que quer que estivesse olhando.) Ela por fim ia até a encosta mais exposta do gramado. Movia-se de maneira pouco decidida, como que em busca de algo inconfundível (será que já tinha vislumbrado aquilo antes?) mas mesmo assim inapreensível.

Chegava um momento em que um espectador do filme podia até vir a decidir que a moça não estava fazendo um papel — que seus movimentos incertos eram uma busca verdadeira por algo que o autor do roteiro só tinha sido capaz de adivinhar.

E então a mulher virava o rosto de frente para a câmera e um espectador poderia dizer que ela não era nem mesmo um daqueles participantes de um documentário que tentam agir de maneira livre sem pensar nas câmeras que estão atrás deles. Estava olhando para alguém que a observava como se a coisa que ela procurava pudesse estar naquela direção. Ou talvez estivesse simplesmente sem saber ao certo o que se esperava dela: o que o roteirista tinha em mente.

A filha do meu mecenas finalmente desviou o olhar da minha janela. Quando desapareceu, levei uma mesinha para o lugar perto da janela em que tinha estado quando ela olhou para cima. Coloquei uma cadeira em cima da mesa e larguei meu cardigã nas costas da cadeira. Fiquei atrás para conferir se ela chegava até meus ombros.

Precisava de uma cabeça para o meu boneco. Com fita adesiva prendi um espanador de penas à cadeira na posição correta. Mas imaginei que as penas foscas da cauda de uma abetarda mal seriam visíveis do outro lado da janela, enquanto o meu rosto era perceptivelmente pálido. (E me ocorreu que eu tinha passado quase todos os meus dias na planície a céu aberto.) A primeira gaveta do meu arquivo de metal estava pela metade de papel virgem para manuscritos e datilografia. Peguei um punhado de folhas brancas, envolvi frouxamente com elas as frondes do espanador e então prendi tudo com fita.

Verifiquei que a moça tinha entrado na própria ala da casa. Então desci as escadas e segui a trilha que levava ao ponto em que ficou olhando para cima. Parei ali também e encarei a janela da biblioteca.

Fiquei surpreso com a aparente escuridão dentro da biblioteca. Eu deixava sempre as persianas fechadas em todas as janelas menos naquela. E no entanto, sentado à minha mesa, eu ainda me sentia em contato com a luz intensa das planícies. Agora a janela, que delimitava somente uma espécie de crepúsculo, não mostrava nada do cômodo do outro lado — apenas uma imagem do céu sobre mim. Eu me deixei ficar por um tempo tão longo quanto o dela. Vi que o brilho distante do céu refletido não era da cor metálica e uniforme que aparentava ter no início, mas levemente estriado e pintado. Eu teria tomado todas as manchas claras por distantes farrapos de nuvens não fosse o fato de que quando me afastei um deles ficou fixo no vidro enquanto a imagem do céu à sua volta mudava a cada passo que eu dava.

Eu estava olhando para o borrão branco que substituía o meu rosto — o papel que tinha prendido ao boneco de mim mesmo. Mas a moça que veio da planície tinha visto meu rosto de verdade, a não ser que tivesse sido obscurecido pelos fiapos de nuvem de um céu refletido.

Voltei à biblioteca e desmanchei a precária imagem de mim. As folhas de papel que tinham passado pelo meu rosto estavam amassadas e vincadas, mas eu as levei até a grande mesa central em que vinha trabalhando desde meados do verão. Me sentei e tentei alisar um pouco o papel com as mãos. E fiquei muito tempo encarando as páginas, como se fossem tudo menos páginas vazias. Cheguei até a escrever nelas — poucas frases hesitantes — antes de jogar todas no chão e continuar o meu trabalho.

2

NOTA INTRODUTÓRIA: Depois de mais de dez anos nas planícies ainda tenho que me perguntar se consigo excluir completamente da obra de toda a minha vida a mais pontual aparição do país cujo nome mais comum neste distrito é Outra Austrália. Minha dificuldade não é que o nome do lugar seja desconhecido ou pouco familiar para os que me cercam. Se fosse isso, eu poderia tentar várias maneiras de ludibriar uma moça que morou nas planícies a vida toda. Poderia me apresentar como um homem que se distinguia pela estranheza de tudo o que tinha visto na vida. (E no entanto era certeza que isso seria impossível. Será que eu tinha esquecido uma das qualidades mais comuns dos homens das planícies — sua renitente recusa de aceitar que o desconhecido tivesse qualquer poder sobre sua imaginação só por ser desconhecido? Quantas tardes passei nesta mesma biblioteca, abrindo imensos mapas de regiões das planícies descobertas até aqui e admirando o trabalho das mais respeitadas entre as escolas de cartógrafos — aquelas que localizam seus povos improváveis e seus animais absurdos em regiões supostamente bem conhecidas e que preenchem os brancos deixados por outras escolas com características pensadas para parecerem incomodamente familiares?)

Minha dificuldade não é ter que convencer uma plateia de gente comum de que um homem como eu possa ter um dia aventado ou estudado com toda a seriedade ou até mesmo tentado se sustentar com as falsas ideias, as absurdas distinções que cheguei a tomar por descrições das planícies. Novamente, esta biblioteca inclui a tradicional alcova obscura devotada às obras daqueles acadêmicos pouco lidos que raras vezes receberam a recompensa adequada por seus esforços — os homens que recusaram a satisfação de estudar as disciplinas legítimas ou as inúmeras questões irresolvidas que as planícies levantavam e acabaram assumindo como seu terreno as planícies ilusórias ou espúrias representadas e até estimadas por quem nunca chegou a ver qualquer coisa que se parecesse com uma planície. Eu poderia considerar uma dificuldade o fato de algumas das cenas de *O interior* poderem ser entendidas como uma sequência de eventos na vida de um homem que ainda recorda lugares distantes das planícies. Mas é claro que nem o menos atento dos homens das planícies poderia tomar meus padrões de imagens por um relato de algum tipo de progresso. Tenho que me fazer lembrar que estou longe da terra em que as pessoas supõem que a história de um coração humano pode ser idêntica à história do corpo que ele configura. Nesta biblioteca encontrei salas inteiras de obras que especulavam com liberdade sobre a natureza do homem das planícies. Muitos dos autores habitam sistemas de pensamento bizarros, estranhos de uma maneira desorientadora, talvez até voluntariamente afastados da compreensão comum. Mas autor nenhum que eu tenha encontrado até aqui tentou descrever o homem das planícies como alguém definido pelas vicissitudes da carne — e certamente não pelos infortúnios que afligem todo corpo nos anos que antecedem o período em que o coração pode sustentá-lo de maneira adequada.

É claro que a literatura das planícies é pródiga em relatos de infância. Volumes inteiros expõem com um detalhamento abundante a topografia de países ou continentes quando avistados sob a parca luz do sol na única hora em que se dizia terem existido — algum intervalo afortunado entre dias quase idênticos antes de serem engolidos por acontecimentos triviais demais até para merecerem ser lembrados. E uma das disciplinas que mais se assemelham ao que em partes distantes da Austrália se chama de filosofia é algo que dizem ter se originado do estudo comparativo entre cenas evocadas por um único observador isolado e relatos dessas mesmas cenas por esse mesmo observador depois de ter adquirido a habilidade necessária para tentar fazer uma descrição adequada. A mesma disciplina, nos últimos anos, mudou de ênfase. Era talvez inevitável que os comentadores sentissem certa frustração com um tema cujos dados permaneciam para sempre como propriedade de um observador solitário. E o novo ramo do tema produziu sem dúvida um corpo mais satisfatório de especulações. Não é surpresa que quase todos os homens cultos das planícies reservem uma estante de sua biblioteca para alguns dos muitos estudos dessa disciplina hoje em voga. Há mesmo certa satisfação no ato de se ver tantos desses volumes em edições uniformes com suas marcantes sobrecapas pretas e lilás. Onde, senão nas planícies, uma editora poderia estabelecer em poucos anos uma prosperidade substancial e uma reputação firme lançando quase que exclusivamente longos tratados que investigavam a escolha de imagens pelos autores daqueles ensaios provocativos conhecidos como lembranças dos mal lembrados?

Também eu admirei os argumentos tortuosos e elaborados detalhamentos, a demonstração de vagas conexões e leves reverberações e as triunfantes demonstrações finais de que algo de um motivo tinha persistido por todo um imenso corpo de prosa digressiva e até imprecisa. E como os milhares de leitores daquelas obras, fiquei imaginando quais especulações estariam no centro do tema que expunham — as conclusões defendidas com veemência por homens que admitem que elas são indefensíveis. Como a maioria dos homens das planícies, nada me leva a adotar uma delas. Dizer que em seu equilíbrio precário essas suposições estejam de alguma maneira provadas ou sejam promissoras seria o equivalente de rebaixá-las. Quem fizesse uma coisa dessas acabaria parecendo um acumulador compulsivo de certezas ou, pior ainda, um tolo que tentava usar essas palavras para os fins menos acertados — justificar um efeito gerado por palavras.

Uma das principais atrações dessas espantosas conjecturas é que ninguém consegue empregá-las para alterar a compreensão da própria vida. E é isso o que mais aumenta o prazer dos homens das planícies quando aplicam uma a uma as mais novas de suas teorias a suas próprias circunstâncias. Qual não poderia ser o resultado, eles se perguntam, se nossa experiência não fosse mais substancial que essas descobertas que parecem irrelevantes demais para significar algo além de sua própria e breve ocorrência? Como poderia um homem reordenar sua conduta se tivesse a garantia de que o valor de uma percepção, memória, suposição, seria aumentado e não diminuído pelo fato de ela ser inexplicável para os outros? E o que não poderia um homem realizar se libertado de qualquer obrigação de buscar supostas verdades além das que são demonstradas por sua busca de uma verdade que lhe seja peculiar?

São apenas algumas das implicações da ciência que parece, por um feliz acaso, a mais praticada e discutida nas planícies exatamente no momento em que preparo uma obra de arte para mostrar o que só eu e ninguém mais poderia ter visto. Devo lembrar no entanto que não poucos proprietários de terra (e quem poderia saber quantos entre os balconistas de lojas e professores de escola primária e treinadores de cavalos de corrida que leem e escrevem em particular?) já abandonaram a nova disciplina. Estão longe de difamá-la. Pelo contrário, insistem que foram mais profundamente convertidos a ela do que aqueles que discutem suas questões mais refinadas nas colunas de correspondência das revistas semanais e se orgulham de ser fotografados com o autor de algum volume preto e lilás num fim de semana de caça a codornas ou num baile de tosquia. Mas esses estudiosos relutantes acreditam que o tema, por sua própria natureza, não pode ser investigado enquanto não houver oportunidades para que as pessoas comparem suas avaliações ou cheguem a consensos, ainda que hesitantes, quanto às suas conclusões. Essas pessoas estão dispostas a esperar por um incerto ano do futuro distante. Naquele ano, dizem, quando a atmosfera das ideias nas planícies estiver a meio caminho de um de seus ciclos graduais mas inevitáveis, embora os homens das planícies possam ainda preferir aqueles poemas em prosa ou sonatas ou mascaradas de marionetes ou baixos-relevos que parecem emergir do abismo entre um homem e seu passado, as grandes questões do dia atual parecerão distantes e estranhas para quem quer que ainda revire então as ruínas de nossas ciências atuais.

Nenhum dos estudiosos que menciono seria sequer capaz de supor quantas sucessivas sobreposições da luz do fim da tarde aos cantos escurecidos das bibliotecas terão desbotado o brilho da tinta dos livros que por fim ele abre. Mas esses homens falam do peculiar prazer de saber, quando finalmente calham de encontrar alguma imprevista correspondência entre metáforas nas confissões de um escritor esquecido, que sua preciosa descoberta não tem valor para os outros. Podem estimar como uma de suas mais preciosas amostras daquela visão singular almejada por todos os homens das planícies algo que anos antes foi descartado ou até desacreditado. O mais compensador de todos os projetos, dizem, é restabelecer o renome antigo de um fóssil da história das ideias. Sejam quais forem as utilidades que se encontre para ele ou as cintilações que faça renascer naquela superfície há muito obscurecida, sempre há de ser possível se comprazer com agradável desconfiança quanto à avaliação que você fez de tudo aquilo. As percepções que você gostaria de estimar pelo que têm de completas podem um dia se ver ampliadas pela mais insignificante nota de rodapé encontrada num texto ultrapassado. E embora você celebre a posse de ideias negligenciadas e descartadas, ainda deve reconhecer que uma outra pessoa antes do seu tempo considerou essas ideias sob outra luz.

E mais uma vez não me permito esquecer — em todas as artes e ciências que brotam da consciência do homem das planícies sobre perdas e mudanças, pensador algum jamais considerou seriamente a possibilidade de que o estado de um homem num dado momento da vida possa ser iluminado por uma análise do mesmo homem num momento que se diga, por conveniência, ter precedido o momento em questão. Por mais que se preocupem com a infância e a juventude, os homens das planícies jamais consideraram, a não ser como ilustração de falsidades óbvias, a teoria de que os defeitos de um homem resultam de algum infortúnio primal, nem seus corolários, de que a vida de um homem é um declínio de um estado de satisfação original e de que nossas alegrias e nossos prazeres são apenas o equilíbrio entre nossas carências e circunstâncias.

Não apenas meus anos de leitura mas também minhas longas conversas com homens das planícies — inclusive o chefe desta casa, meu imprevisível mecenas, que hoje em dia só visita a biblioteca em busca de ilustrações coloridas em histórias de certos estilos de cerâmica — me conferem a certeza de que as pessoas daqui concebem a vida como um outro tipo de planície. Não lhes serve de nada a conversa banal a respeito de jornadas que atravessam os anos ou coisas assim. (Eu me surpreendo quase todo dia ao ver como é reduzido o número de homens das planícies que um dia viajaram. Mesmo em sua Era Dourada, o Século da Exploração, para cada pioneiro que encontrava o caminho para uma nova região havia dúzias de homens que ganhavam fama equivalente por descrever seus próprios distritos estreitos como se estivessem ainda além das mais distantes entre as novas terras descobertas.) Mas quando falam e cantam eles aludem sem parar a um tempo que converge sobre eles ou deles se afasta como uma planície familiar, mas aterradora.

Quando um homem considera sua juventude, a linguagem parece se referir com mais frequência a um lugar do que à sua ausência, e a um lugar não toldado por qualquer noção de tempo visto como véu ou barreira. O lugar é habitado por pessoas privilegiadas por poderem procurar sua singularidade (aquela qualidade que obseda os homens das planícies como a ideia de Deus ou do infinito já obsedou outros povos) com a disposição imediata com que o homem do presente pode tentar adivinhar a identidade especial de seu próprio lugar. Fala-se muito, é claro, do fracasso de cada um deles — o homem e o garoto — em compreender o que há de único em sua situação. Os dois são muitas vezes comparados a moradores de regiões vizinhas que tentam mapear todas as planícies que possam julgar necessárias ou tudo que gostariam de saber e concordam que o outro deve incluir parte das próprias fronteiras no mapa que traça, mas acabam descobrindo que seus mapas não podem ser justapostos com perfeição — que cada um defendeu a existência de uma zona indefinida entre os últimos lugares que poderia desejar e os primeiros dentre aqueles a que não tem direito. (Felizmente minha tarefa atual me isenta de ter que me preocupar com a numerosa escola de pensadores que insistem que todo o saber — inclusive, alguns já disseram, toda a arte — deve ser derivado dessas áreas cinzentas que ninguém de fato ocupa. Mas devo um dia satisfazer minha curiosidade sobre essa sua teoria da Planície Intersticial: tema de um excêntrico ramo da geografia; uma planície que por definição jamais pode ser visitada mas tem fronteiras e oferece acesso a toda planície possível.)

Então, quando meu mecenas medita sobre a transparência irregular das múltiplas intensidades de verde e dourado na superfície esmaltada de ladrilhos que pouco ou nada se parecem com outros que viu e manuseou anos atrás, ele não está em qualquer sentido grosseiro tentando "recapturar" alguma experiência do passado. Se pensasse assim, poderia ir a um dos pórticos e pátios da ala sudeste em que os exatos tons de tinta que tenta visualizar, refletindo a luz do fim da tarde ou resquícios refletidos de tal luz, fazem com que até eu consiga admirar um verde conjectural que talvez jamais reapareça entre colunas e calçadas e lagos escrupulosamente preservados. E suas horas de estudo silencioso não são prova de que ele repudie as aparências e sensações que nascem de uma planície qualquer do momento. Se o conheço, está pensando de maneira nada passional em alguma outra tarde passada em pátios onde mesmo os grandiosos silêncios das planícies são detidos pelos muros em nome de um silêncio ainda mais provocador e onde o brilho talvez inimitável da cerâmica esmaltada realça um verde e um dourado mais afastados do gosto comum do que até os matizes mais raros das pastagens vazias do outro lado do gramado. De tudo que seja irrecuperável, ele quer apenas que pareça limitado por todos os lados por um terreno familiar. Quer que a disposição esquemática de seus próprios negócios equivalha ao padrão de que tanto gostam os homens das planícies — uma zona de mistério encerrada pelo conhecido e pelo que há de mais acessível. E sendo o homem que é, ele quase com certeza pretende que essas tardes tranquilas ostentem um refinamento ainda maior do famoso padrão. O homem que estuda com calma os tons e as texturas de seus ladrilhos decorados com simplicidade aceita que o sentido pleno do que parece jazer ao alcance de suas mãos ou de seus olhos se ofereça a outro homem que corre os dedos pela superfície de paredes de ladrilhos quentes com o sol da tarde e cujas sensações incluem uma consciência de ainda outro homem que chega perto de interpretar uma conjunção entre a luz do sol que se vai e aquelas cores cintilantes, mas suspeito que a verdade de um momento como esse tenha de estar com um homem além daquele, que vê e sente e pensa mais longe.

Às vezes me pergunto se meu mecenas concebe o tempo à maneira ortodoxa da escola de pensamento a que diz pertencer.

Em suas discussões ocasionais comigo ele defende "O Tempo, a Planície Oposta" contra as outras quatro teorias hoje defendidas. Mas percebo em alguns de seus argumentos um excesso de perfeição. Conheço o suficiente dos hábitos de pensamento dos homens das planícies para esperar que eles tendam a preferir teorias que não chegam a uma explicação completa de um dado problema. A demonstração de prazer do meu mecenas diante da simetria e da plenitude do que percebe como Tempo pode indicar que ele esteja envolvido numa investigação particular de uma das outras teorias populares ou, o que é mais provável, que tenha sido levado a se tornar um daqueles solitários doutrinais cientes de um Tempo cujas verdadeiras configurações só eles percebem. Até recentemente eles eram tidos em tão alta conta quanto os seguidores das cinco escolas. Mas, depois que alguns dos mais fervorosos dentre eles transformaram seus labirintos particulares de Tempo no cenário de sua poesia e de sua prosa e também daquelas obras mais novas (algumas absurdamente fragmentadas, outras quase insuportavelmente repetitivas) que ainda esperam receber nomes aceitáveis, os críticos — e mesmo o via de regra tolerante público leitor — ficaram impacientes.

Isso pode não se dever ao fato de que os homens comuns das planícies acham essas práticas confusas ou destrutivas do escopo e da variedade de seus próprios métodos preferidos de elaboração do tema do Tempo. Ainda assim, o assunto parece ser um dos poucos em que eles preferem não confiar nas conclusões de um vidente solitário. Talvez, como apenas recentemente afirmaram alguns comentadores, as cinco teorias principais sejam ainda tão incompletas, tão eivadas de áreas vagas que mesmo o mais original dos pensadores tenha que localizar suas paradoxais paisagens e ambíguas cosmologias dentro de seus vastos vazios. Ou talvez aqueles que mais protestam — conquanto incluam números quase idênticos dos seguidores das cinco escolas — acreditem em segredo numa outra teoria que ainda não foi defendida com clareza. Trata-se da ideia autodestrutiva de que o Tempo não pode ser definido de uma mesma maneira por duas pessoas; de que nada pode decorrer dele; de que todas as nossas afirmações a seu respeito servem para preencher um atordoante vácuo em nossas planícies e uma ausência da única dimensão de nossas memórias que nos permitiria viajar além delas. Nesse caso, os oponentes dos investigadores rebeldes estão apenas se defendendo da probabilidade de que um daqueles hereges acabe encontrando maneiras de sugerir essa ideia a outras pessoas. (Isso seria quase certamente possível na poesia ou em alguma abscôndita narrativa ficcional. Os homens das planícies tendem a não se deixar seduzir pela lógica. Seu funcionamento perfeito acaba sendo uma distração muito fácil, a que se entregam para engendrar inventivos jogos de salão.) E o medo desses oponentes seria de que a nova visão do Tempo pudesse acabar com os elaborados conceitos empregados pelos homens das planícies em suas inumeráveis investigações da mutabilidade de todas as coisas. Eles todos talvez se vejam como habitantes de planícies dotadas de tamanha permanência que só sobrevivam nelas os homens que possam se deixar enganar por horas criadas por eles mesmos ou fingir uma crença em anos que ninguém suspeitou existirem.

Alguns anos atrás senti a vontade de visitar aquele canto da biblioteca onde as grandes obras sobre o Tempo quase caíam das prateleiras que um dia se imaginou serem amplas o suficiente para acomodar tais livros num futuro verossímil. Percebi que o mesmo canto atraía a esposa do meu mecenas em suas visitas diárias à biblioteca. Era uma mulher não menos jovem que eu e ainda bonita segundo as convenções das planícies. Raramente examinava um livro entre os que estavam nas imensas pilhas à sua volta — só ficava contemplando títulos e manuseava uma ou outra sobrecapa colorida. Prestava muita atenção nas cortinas da parede oeste da sala. Às vezes fechava melhor os pesados panejamentos cor de mel de modo que a luz que a cercava parecia súbito enriquecida mas talvez não menos transitória. Ou ainda apartava as mesmas cortinas, e o clarão do sol que descia e as inevitáveis pastagens nuas apagavam a complexa cintilação das centenas de obras voltadas ao Tempo. Eu a desconhecia quase por completo. Em todas minhas entrevistas privadas com seu marido (uma vez por mês nos aposentos que ele chama de seu estúdio), ele jamais mencionou a esposa que passou tantas tardes nesta casa que àquela altura já podia ter visto a luz refratada de três mil planícies separadas em cada uma de suas janelas inumeráveis.

Eu sabia que o meu mecenas seguia o costume, comum a todos os homens eminentes das planícies, de prestar tributo público a uma esposa sem nome em cada obra de arte que praticava de maneira privada. Em seu caso, no entanto, as referências talvez fossem mais obscuras que o normal. Se ele passasse seus dias silentes lidando com os versos de uma balada, eu poderia estar um pouco mais próximo de saber algo da história da mulher. Pois toda balada das planícies retorna sem parar de suas intermináveis paráfrases e irrelevâncias a alguns poucos motivos inconfundíveis. Ou se ele frequentasse aqueles cômodos esquecidos em que imensos teares continuam como seu avô os deixou, eu poderia ter visto a aparência que teria sua esposa num ambiente por ele concebido para os dois. Pois os tecelões das planícies só fingiam esconder seus modelos femininos entre cenas que jamais poderiam ter testemunhado. Mas o único homem que teria como ter interpretado os sonhos de sua esposa, parada em meio ao brilho uniforme que vinha das planícies e às múltiplas cores dos comentários sobre o Tempo, não produzia nada mais eloquente que murais de esmalte verde e estatuetas em poses ambíguas. Conheci por acaso ao ouvir certos comentários seus noite adentro a vastidão de sentidos que pretendia sugerir com aquelas obras reticentes e crípticas. E soube também que os homens das planícies via de regra consideram toda a Arte como parca evidência visível de imensos processos que se dão numa paisagem que nem mesmo o artista percebe de modo completo, o que os leva a confrontar as obras mais inflexíveis ou mais engenhosas com total receptividade e dispostos a serem levados a contemplar espantosos panoramas de panoramas. E no entanto eu ficava em pátios tranquilos entre alas distantes da casa dele, sem visões de planícies que me distraíssem, e observava como cada espessura de nuvem variável às minhas costas gerava, no muro esverdeado à minha frente, ora uma ilusão de profundidades ilimitadas ora a ausência até da insinuação de um horizonte. E eu não parava de seguir o contorno de algo que tivesse a aparência de um tema naquela região incerta: seguindo até sua fonte aparente algum defeito ou marcas de dedo que pudessem ter sugerido a vacilação de uma ou outra inclinação humana que apesar disso persistisse numa paisagem que também ia e vinha; discernindo o jogo de opostos poderosos no predomínio alternado de texturas diferentes; ou decidindo que algo que parecia indicar certa percepção singular de um terreno privado viesse sob outra luz a sugerir que o artista tinha deixado de ver os vestígios estilhaçados do que para outro observador passava por outra terra.

E assim me restava apenas especular a respeito dos anos que o homem e sua esposa passavam cada um em seu posto (ela perto das janelas a oeste da biblioteca entre uma parede decorada com um intricado padrão de cores de livros que raramente abria e uma planície que ainda se desviava pesadamente do sol e transmitia um significado que restava pouco claro, e ele num jardim murado de costas o dia todo para as poucas janelas em que as teias de aranha pendiam diante de aspectos de planícies e com o rosto perto da cerâmica colorida onde dizia ver o que apenas seus anos de vida teriam descoberto), cada um agindo como se ainda houvesse tempo para ouvir do outro uma forma de palavras que reconhecesse algumas das possibilidades jamais realizadas desde que ambos tinham desistido de compor essas coisas em forma de palavras.

Havia dias, contudo, em que a mulher se afastava ainda mais das salas entregues ao Tempo e ficava lendo sentada numa das menores janelas salientes que davam para o sul e se colocavam entre as obras dos filósofos menores. (Mesmo a essa distância da Outra Austrália, eu às vezes recordo o que lá era descrito como filosofia. E quase diariamente, enquanto percorro algum caminho desconhecido que parte aqui da minha mesa, recebo a feliz surpresa de ver, nas salas e nos recônditos reservados à filosofia, obras que não poderiam receber senão esse nome no meu distrito nativo.) Os livros que ela mais lia seriam talvez chamados de romances numa outra Austrália, apesar de eu não acreditar que fossem encontrar editoras ou leitores num tal lugar. Mas nas planícies eles compõem um ramo respeitado da filosofia moral. Os autores tratam do que chamam, por conveniência, de alma do homem das planícies. Nada dizem da natureza de alguma entidade correspondente a esse termo, deixando a questão para os especialistas reconhecidos — os comentadores da poesia mais arcana. Mas descrevem minuciosamente alguns de seus inquestionáveis efeitos. Esses estudiosos isolam de sua própria experiência (e da de seus pares — pois mantêm-se como um grupo fechado, quase exclusivo, casando-se com as irmãs e as filhas de colegas e rivais, e induzindo os filhos a escolherem sua exigente profissão) certos estados de arrependimento, frustração ou privação. Examinam então esses estados em busca de indícios de algum estado anterior que parecia prometer o que jamais veio a se realizar. Em quase todos os casos esses vingadores de evanescências, como por vezes eram chamados, estabeleciam que a experiência anterior não chegava de fato a anunciar algum aumento de satisfação ou qualquer estado de realização num futuro não especificado. Os escritores então não defendem que as experiências posteriores não tenham valor ou que um homem das planícies deva evitar toda e qualquer expectativa de consolo futuro, e muito menos que prazeres duradouros não estejam disponíveis. Pelo contrário, chamam a atenção para um padrão recorrente das questões humanas — a fugaz percepção do potencial de um bem ilimitado seguida pela chegada desse bem na vida de alguém que nem o anteviu nem o reconhece como um bem. Dizem que a reação adequada a isso é ceder à intensidade de todas as aparentes desilusões, não com uma sensação de se ter sido privado de uma merecida felicidade, mas porque a contínua ausência de uma satisfação conjecturada a descreve com maior clareza.

Suspeitei, então, que a mulher que passava todas as tardes imaginando o que teria sido de um casal que certa vez viu de relance numa dada planície tivesse se convencido de que estava equivocada ao supor que poderia um dia chegar mais perto deles ou de sua paisagem peculiar. Toda vez que se punha a caminho, por corredores vazios e cômodos mudos onde um dia esperou dizer ou escutar as frases que conectariam as planícies à sua volta com a planície que um dia apenas intuiu, rumo ao canto sem janelas e ao ácido consolo dos supostos filósofos da perda, eu imaginava que ela já tinha sido derrotada pelas doutrinas deles. Nesse caso, ela se demorava enquanto eu a observava furtivo, não na incerta distância entre suas circunstâncias atuais e uma dada mansão com suas extensas propriedades que uma outra mulher tivesse vindo a ocupar, mas nas amplas planícies não especificadas em que ela podia ainda nem ter chegado. Pois os pensadores daquela escola desconsideram a questão de uma possibilidade outrora aventada poder um dia corresponder a alguma mera combinação de acontecimentos. Entregam toda sua atenção à própria possibilidade e a avaliam de acordo com sua amplidão e com a extensão do tempo de sua sobrevivência logo além do alcance da disposição fortuita de visões e de sons que são considerados, talvez até por alguns dos homens das planícies, como representações da extinção de todas as possibilidades.

A mulher podia portanto ter considerado que a principal vantagem de tantos anos passados entre planícies que não esperou encontrar, com um homem que ainda não tinha se explicado, fosse o fato de isso lhe ter permitido postular a existência de uma mulher cujo futuro incluía até a improvável perspectiva de metade de uma vida consumida entre planícies que não esperou encontrar com um homem que jamais se explicaria.

Mas a filosofia das planícies inclui tanto do que eu um dia pensei ser matéria da ficção que a esposa do meu mecenas podia ter lido há muito tempo certos tratados que folheei nos anos em que me permiti seguir caminhos que se bifurcavam de nota de rodapé em nota de rodapé nos grossos mas marginais estudos do Tempo, da Planície Inatingível. (Trata-se de difusos relatos de eventos que teriam ocupado breves instantes da vida dos envolvidos mas que são descritos como os principais de sua vida.) Ela certamente teria lido, pensei, ao menos um daqueles relatos de um homem e uma mulher que se encontraram uma só vez e aceitaram que tanto lhes tinha sido prometido pelos olhares e palavras decorosas que trocaram que não deviam mais voltar a se encontrar. E, ao seguir a narrativa do resto da vida daqueles casais, deve ter entendido como seus anos nesta casa eram uma minúscula parte de sua própria história. As tardes de silêncio contínuo, os crepúsculos de breve cintilação e mesmo as manhãs que pareciam prestes a devolver às planícies algo que ela ainda não tinha desistido de ter — eram meras insinuações de uma vida que podia ter existido: das incontáveis paisagens que deviam sua existência a uma conversa sem palavras, anos atrás, entre ela e um rapaz que podia tê-la conduzido a qualquer lugar que não fossem estas planícies aonde prometeu levá-la. Parecia crescer entre nós uma empatia tão grande (apesar de nunca conversarmos e de, mesmo quando um de nós olhava para o outro lado da biblioteca, o outro estar sempre com o olhar voltado para alguma página de um texto ou alguma página à espera de seu texto) que eu esperava que ela pudesse até acreditar que seus anos naquele distrito tinham um valor como aquele que seus escritores preferidos concediam a todas as vidas que pareciam dar em nada. Pois alguns dos escritores que ela parecia preferir consideram boa parte do que chamamos de história como um oco espetáculo de gestos e frases impensadas que mantínhamos em parte para satisfazer as expectativas mesquinhas dos que se preocupavam com o que podia ser previsto com segurança, mas especialmente para proporcionar o escopo em que os mais perspicazes pudessem antever o que sabiam que jamais poderá ocorrer. Alguns desses mesmos filósofos chegariam ao ponto de defender que os anos de inquietude da mulher eram, de todas as contingências concebíveis, a única sequência adequada para o momento em que uma moça viu com uma aparência que poderia nunca mais voltar a ter um homem que a via com uma aparência que poderia nunca mais voltar a ter. Para eles (suas obras estão obscuramente localizadas numa estante remota, mas era no mínimo possível que ela tivesse topado com elas uma vez em todos os anos que passou na biblioteca) uma vida inteira não é nem mais nem menos que uma oportunidade de se provar que tal momento está integralmente conectado a todos os que o seguem e merece ser mais valorizado depois de cada ano monótono que reforça essa prova.

Nós nos encontrávamos, é claro, e trocávamos palavras educadas em outros cômodos e outros horários. Mas como eu a via em cantos distantes da biblioteca acabava me sentindo impedido de me aproximar. Por muito tempo me constrangeu a tibieza de minhas próprias ideias conforme teriam soado caso pronunciadas naquele ambiente. Eu acreditava não ter direito de falar senão para tratar de alguma proposição contida num dos volumes que me cercavam. O silêncio que persistia naquelas salas era algo que eu ouvia como a pausa que um locutor permite quando seu argumento se desenrolou até o final e ele espera desafiador pelo primeiro dos questionadores, exceto pelo fato de que a tensão nesse caso só fazia aumentar graças à enormidade da multidão de falantes e às dezenas de anos em que o silêncio não tinha sido quebrado.

Mas com o passar dos meses e com ela vindo quase toda tarde ficar sentada entre o lugar onde eu estava e as prateleiras com a etiqueta TEMPO, eu me vi cada vez mais compelido a lhe declarar alguma coisa. Sentia entre nós o peso de todas as palavras que podíamos ter dito como uma pilha de volumes fechados que seria tão impressionante quanto qualquer uma das estantes reais que estavam atrás de cada um de nós. Deve ter sido isso que me sugeriu o plano que decidi executar. Assim que tinha terminado minhas notas introdutórias a *O interior* e antes de começar a trabalhar no roteiro propriamente dito, escreveria uma obra breve — provavelmente uma coleção de ensaios — que resolveria as coisas entre mim e a mulher. Providenciaria uma edição particular com um dos vários selos pouco ativos que meu mecenas reserva para o trabalho constante de seus protegidos ou para a marginália. E escolheria de tal maneira o tema do livro que os bibliotecários daqui inseririam um exemplar entre as estantes onde ela passava suas tardes.

Antevi essa parte do plano acontecendo como eu tinha pensado. A única incerteza era o fim — eu não tinha meios de garantir que a mulher abriria meu livro durante sua vida. Podia ter ficado observando seus atos durante os cinco ou dez anos que pretendia passar naquela casa e jamais ver que ela sequer se aproximava das palavras que poderiam explicar meu silêncio.

Mas não passei muito tempo preocupado com a probabilidade de que ela jamais viesse a ler minhas palavras. Se tudo que se passava entre nós existia apenas como um conjunto de possibilidades, meu objetivo teria sido ampliar o escopo de suas especulações a meu respeito. Ela devia passar a ter não apenas informações específicas mas fatos que mal bastassem para me distinguir. Em resumo, não devia ler uma única palavra escrita por mim, embora devesse saber que eu tinha escrito algo que ela poderia ter lido.

Por um breve período, portanto, pensei em escrever o livro e publicar, mas liberar apenas um punhado de exemplares para resenhistas (e só depois de receber de cada um sua declaração por escrito de que o livro não ia circular) e um único para aquela biblioteca. No dia em que aquele exemplar fosse acomodado nas estantes eu o retiraria discretamente para ficar em minha posse depois de verificar que já tinha sido descrito integralmente no catálogo.

Nem esse plano me satisfez por muito tempo. Enquanto um único exemplar do meu livro existisse no mundo, nossa empatia um pelo outro estaria circunscrita. Pior ainda (já que eu queria que a nossa relação não ficasse restrita por noções ordinárias de tempo e lugar), ninguém depois da nossa morte poderia saber ao certo que ela não tinha encontrado e aberto o livro durante a vida. Pensei em lançar somente um exemplar — para os bibliotecários daqui — e então removê-lo e destruí-lo assim que seu registro no tombo estivesse completo. Mas alguém no futuro ainda poderia supor que existia um exemplar (ou que tivesse existido) e que a mulher a quem se destinava tivesse no mínimo passado os olhos por ele.

Alterei mais uma vez meu plano. Em algum lugar do livro de tombo há uma lista de livros importantes jamais adquiridos por esta biblioteca mas presentes em outras coleções particulares de casarões das planícies. Eu ficaria com todos os exemplares do meu livro e inseriria na lista um registro que declarasse que um exemplar estava guardado numa biblioteca fictícia de um distrito inexistente.

Mas dessa vez eu tinha começado a me perguntar por que a própria mulher não podia ter elaborado um livro para me explicar sua situação. Foi minha própria relutância em procurar por essa obra que acabou me convencendo a fazer o que fiz, não escrever livro algum e não divulgar sugestões de que tivesse escrito ou pretendesse escrever um livro.

Tendo chegado a essa decisão, fiquei torcendo para que tanto a mulher quanto eu fôssemos capazes de deixar o outro tranquilo em nossas regiões distintas da biblioteca, certos da possibilidade de que podíamos ter nos conhecido como um rapaz e uma moça, e nos casado e ficado sabendo um do outro o que duas pessoas assim teriam ficado sabendo em metade de uma vida. Mas logo descobri nisso (como, talvez, em todas as possibilidades) uma fonte de insatisfação. Quando pensava ainda que vagamente em nós dois como marido e mulher eu tinha que conceder que nem mesmo essas pessoas podiam ter existido sem um mundo possível que contrabalançasse o que para elas era o real. E naquele mundo possível estava um casal que ficava sentado em silêncio em cantos diferentes de uma biblioteca. Não sabíamos quase nada um do outro e não podíamos conceber que as coisas se dessem de outra maneira sem violar o equilíbrio dos mundos que nos cercavam. Pensar em nós mesmos em quaisquer outras circunstâncias seria trair as pessoas que poderíamos nós mesmos ter sido.

Cheguei a essa compreensão há algum tempo. Desde então venho tentando evitar aquelas salas que vão ficando sempre mais cheias de obras que esmiuçam o Tempo. Às vezes, no entanto, passando por aquela região da biblioteca, alguma redisposição das pilhas mais novas me leva por caminhos tortuosos a passar por uma sala onde antes eu ficava observando a mulher. Está sentada mais longe do que eu lembrava, e a distribuição alterada de estantes e divisórias já a separou de mim pelo primeiro do que há de se tornar, inevitavelmente, um labirinto de caminhos por entre muralhas de livros na medida em que esta ala da biblioteca vai se tornando a corporificação visível de um ou outro dos padrões atribuídos ao tempo nos volumes tranquilamente postos ali no coração de tudo.

Posso vez por outra gostar de ver a mulher tão perto das estantes atafulhadas que a palidez do seu rosto fica momentaneamente tingida pelo vago brilho múltiplo dos mais caóticos dos volumes sobrecapados que a cercam. Mas prefiro não ser visto nos locais dedicados ao Tempo, por mais que possa parecer estar chegando perto da visão do homem das planícies quanto a tudo que pode ter me acontecido. Sinto um medo, talvez irracional, de me ver confundido pelas imagens do que quase se deu. Diferente de um verdadeiro homem das planícies, não me agrada inspecionar de tão perto as outras vidas vividas por homens que quase podiam ter sido eu. (Foi seguramente esse medo o que primeiro me trouxe às planícies: ao único lugar em que não precisava me preocupar com tais possibilidades.) Os inumeráveis volumes desta biblioteca estão cobertos de letrinhas miúdas de prosa especulativa; tantos e tantos capítulos aparecem entre parênteses: tantas glosas e notas de rodapé cercam o fio minguado do texto propriamente dito que temo descobrir em algum ensaio corriqueiro de um homem das planícies sem maiores reputações um parágrafo inseguro que descrevesse um homem não diferente de mim que especulava infinitamente sobre as planícies sem jamais pisar nelas.

Então eu hoje mantenho distância dos volumes em que o próprio Tempo é apresentado como mais um tipo de planície. Não tenho vontade de ser visto, nem pela mulher calada entre aqueles panoramas cada vez mais extensos de títulos provocativos, como um homem que mira o Tempo, a Planície Invisível, ou que se aproximava do Tempo, da Planície Inatingível, ou que consegue retornar do Tempo, da Planície sem Trilhas, nem mesmo cercado pelo Tempo, a Planície Ilimitada. Quando finalmente me explicar às pessoas das planícies preciso parecer um homem seguro de sua própria visão do Tempo. A luz à minha volta será fraca. Talvez o lugar seja alguma câmara dentre as muitas que ainda tenho por visitar nesta mesma biblioteca. Pois toda a minha plateia sabe da existência das planícies lá fora, longas tardes já podem ter transcorrido. A única coisa que lhes interessa são as imagens do filme que fala de um homem que enxerga as planícies de um ponto de vista inédito. E mesmo se levarem os olhos dessas imagens para o homem que as compôs, verão somente meu rosto iluminado pela luz tênue das cores instáveis das cenas de um Tempo que será vagamente familiar a todos eles.

Agora, já sem a obrigação de me explicar para a esposa do meu mecenas, tenho que superar as dúvidas que por vezes me assolam nos crepúsculos mensais, como dizem eles. Não acredito que qualquer dos presentes nessas reuniões curtas e amigáveis pretenda me transtornar. Ficamos sentados, tantas vezes em silêncio, na sala de estar principal — a única destas salas sem uma vista das planícies mas com uma perspectiva de altas sebes e árvores densas e podadas que supostamente encorajariam ideias mais livres e especulativas por sua sugestão de que o inimaginável aconteceu afinal e estamos separados de nossas planícies por incompatíveis florestas de extensão incerta ou pelas distrações de paisagens forjadas. E assim que meu mecenas determina que a sala está em total escuridão (tendo sido incapaz de identificar a pequena paisagem emoldurada que um criado, como de hábito, havia colocado nas mãos do convidado mais próximo) nós saímos — sem a menor cerimônia, mas pensando, como requer o espírito da situação, no que podíamos ter aprendido se alguém tivesse se declarado durante aquela hora do apagar do crepúsculo.

Como eu poderia me incomodar com as poucas palavras que são ditas nesses crepúsculos? Cada homem ali presente cuida de falar apenas o que seja mais previsível — cuida de fazer os comentários mais breves e banais — e de manter a impressão de que aceitou seu convite formal e viajou por quem sabe meio dia inteiro para não dizer nem ouvir nada de importante. Mas minhas dúvidas surgem durante os longos silêncios em que me comparo, ainda determinado a compor uma obra de arte capaz de espantar, com os convidados mais festejados.

Meu mecenas convida para seus crepúsculos alguns dos mais famosos reclusos das planícies. O que posso dizer deles, se seu objetivo é não dizer nada nem fazer nada que possa ser descrito como uma realização? Nem o termo "recluso" é muito adequado, já que em sua maioria eles aceitam um convite ou recebem um hóspede para não chamar a atenção por uma indiferença descabida. Não afetam desmazelo nas roupas nem rudeza nos modos. Dos que conheci, o único famoso por um comportamento excêntrico é o homem que embarca todo ano no começo da primavera com um criado numa longa jornada de ida e volta através das planícies, sem jamais abrir as cortinas escuras do compartimento traseiro de seu carro nem jamais deixar o quarto de hotel de qualquer cidade onde interrompa o trajeto.

Como nenhum desses homens jamais disse ou escreveu uma única palavra para explicar o fato de preferir viver sem ser visto e perturbado pela ambição em alguma modesta suíte desmobiliada de sua casa ordinária, só posso dizer que percebo em cada um deles uma silenciosa dedicação ao esforço de provar que as planícies não são o que a maioria dos homens das planícies consideram que seriam. Ou seja, não são um amplo teatro que acrescenta significado aos eventos que se passam dentro dele. E também não são um imenso campo para exploradores de todo tipo. São simplesmente uma fonte conveniente de metáforas para aqueles que sabem que os homens inventam seus próprios sentidos.

Sentado com esses homens no crepúsculo, entendo que seu silêncio é uma afirmação de que o mundo é algo diverso de uma paisagem. Fico pensando se algo do que vi é um tema adequado para a arte. E os perspicazes de verdade me parecem desviar o rosto das planícies. E no entanto o sol que nasce na manhã seguinte dissipa essas dúvidas, e no momento em que não consigo mais olhar para o clarão do horizonte decido que o invisível é somente o que está iluminado demais.

Não, (para voltar ao tema desta nota) há poucas chances de que os homens das planícies tomem o que tenho a lhes mostrar por alguma espécie de história. Mesmo que eu lhes mostrasse o que pudesse considerar uma narrativa de exploração — uma história de como cheguei a supor a existência das planícies, como cheguei até aqui, como aprendi os hábitos da região em que me anunciei como alguém que fazia um filme e como fui ainda mais longe para chegar a esta região que um dia me pareceu impossivelmente distante —, mesmo nessa situação minha plateia, acostumada a ver as verdadeiras ligações entre fatos que parecem consecutivos, enxergaria meu sentido real.

Não, por mais que possa parecer absurdo, minha principal dificuldade — e o que pode muito bem vir a ser tema de outras notas antes que comece o meu trabalho propriamente dito — é que a moça cuja imagem nunca deveria ter representado mais que milhares de quilômetros de planícies pudesse jamais chegar a entender o que eu quero dela.

De apenas uma de todas as janelas de todos os cômodos desta biblioteca eu às vezes vejo a filha mais velha do meu mecenas em alguma trilha que passa entre as estufas mais próximas. (Não posso me demorar para examinar a questão de sua preferência pelas aleias úmidas daqueles pavilhões envidraçados em vez do vento das clareiras do parque, entre árvores nativas de cada distrito das planícies.) É pouco mais que uma criança, motivo de eu tomar cuidado para não ser visto enquanto a observo, mesmo assim tão distante. (Há uma estufa em que fica parada por longos instantes. Se eu tivesse como encontrar alguma janela em alguma parte da biblioteca que ainda desconheço, podia ficar encarando lá de cima o quanto quisesse. Mesmo que ela desviasse os olhos de alguma flor inadequada às planícies e olhasse para o alto, era seguro que não veria nada de mim entre todos os reflexos de folhagens exóticas e de seu próprio rosto voando no ar do outro lado do vidro colorido de seu próprio invólucro e sem chegar ao vidro que encerrava minha própria localização escurecida.) Mesmo assim, tentei convencer seu pai e oferecer aos seus tutores alguns dos meus estudos de aspectos das planícies. Espero que fique curiosa a respeito do homem que vê apenas de longe nas poucas ocasiões formais em que uma filha mais velha é aceita nas salas de estar, e a respeito dos meios que dizem que ele desenvolveu para representar as planícies mais obscuras. Mas meu mecenas permitiu só uma vez que eu apresentasse ao principal tutor dela alguns dos meus achados e uma breve descrição do projeto que ainda preparo.

Em todos os meses que se sucederam, a única coisa que me mostraram em resposta foi um curto trecho de uma série de comentários escritos pela garota a respeito da obra de um compilador de livros de desenhos de certas regiões das planícies. Não pude deixar de enxergar a ligeira referência a mim mesmo (na sua caligrafia perfeita), mas ela não me dava encorajamento. Se a garota tinha desentendido apenas o mais particular dos meus objetivos, eu podia ter preparado tudo para uma exposição mais clara de todos eles. Mas ela parece cega até para o motivo de minha presença em sua casa. Este não é o lugar para se examinar a imagem fantasiosa que ela tem de mim. Vou registrar apenas que nem a mais mínima de suas expectativas teria grandes chances de se ver satisfeita se eu desconsiderasse a longa história da minha presença nas planícies e me apresentasse simplesmente como um viajante curioso que veio da Austrália mais exterior.

3

Eu me limitava à biblioteca, apesar de ela não ser sempre o refúgio seguro de que eu precisava. É bem verdade que meu mecenas raramente me incomodava à tarde. Eu podia ter acendido os buquês de luminárias em todos os cômodos e corredores da casa e passado a noite inteira sem ser perturbado entre fileiras de livros que ainda não tinha examinado. Mas preferia trabalhar à luz do dia, quando as altas janelas de um lado e as paredes de volumes coloridos do outro permitiam que me considerasse ainda equilibrado entre duas imensidões.

As duas que me confrontavam então pareciam mais ameaçadoras do que em anos anteriores. Por muitas das janelas eu via, quando persianas e cortinas não estavam fechadas, o que só poderia descrever como colinas — uma cordilheira de encostas e curvas com bosques cerrados que preenchiam os vales mais profundos entre elas. Os habitantes da casa ficavam intrigados com meu interesse por aquelas montanhas. Ninguém as considerava como alguma espécie de marco. Toda aquela área recebia o nome dos cinco riachos que nasciam entre as colinas, e quando sugeri que a paisagem era incomum para as planícies fui lembrado de que estava agora num distrito em que as pessoas muitas vezes perdiam de vista as características intermédias devido a seu interesse pelo que era sua própria noção das amplas planícies. O que eu teria considerado uma região singular e merecedora de estudo era um mero detalhe das planícies propriamente ditas. E na outra direção, entre as paredes de livros, eu encontrava muita coisa desorientadora. Julgava conhecer bem a escrita das planícies para acompanhar em qualquer biblioteca os temas mais próximos do trabalho da minha própria vida. Mas naqueles labirintos de salas e de anexos, as categorias com que tinha finalmente me familiarizado pareciam ser desconsideradas. O proprietário das imensas coleções e seus bibliotecários residentes e curadores de manuscritos pareciam ter chegado a um sistema de classificação que misturava obras jamais ligadas por quaisquer convenções das planícies como eu as conhecia. Às vezes numa tarde, ciente por um lado das desconcertantes elevações entre as minhas janelas e um suposto horizonte e por outro do contínuo esvaziamento das distinções entre as imprevisíveis sequências de títulos, eu me punha a pensar se minhas investigações até ali tinham sido meros relances das enganadores superfícies das planícies.

Às vezes essa dúvida me incomodava por tanto tempo que eu começava a esperar que meu mecenas me convidasse logo para outra de suas "cenas", por mais que elas parecessem distrações incômodas nos meus primeiros anos naquela propriedade.

Havia semanas em que eu não falava com ninguém do casarão. Ficava lendo e tentava escrever e esperava um sinal claro do que só podia ver como o evento invisível que haveria de me envolver. Então, na última manhã de um período de tempo bom, quando o céu estava riscado pela névoa de uma tempestade que ia levar o dia todo para chegar e eu podia estar feliz com a possibilidade de uma tarde em que minha revelação ficaria suspensa à minha volta como a promessa de uma mudança na atmosfera opressiva, então chegaria a mensagem de que precisavam de mim para uma cena.

Antes essa palavra tinha me parecido o termo menos feliz dos muitos que eram peculiares àquela família e ao séquito do meu mecenas naqueles tempos. De início pensei que fosse apenas um substituto excêntrico para os vários termos comuns que descreviam as complexas expedições de um dia inteiro em que as famílias iam para pontos sem nome de cantos distantes de suas terras. Participei dessas incursões com outras grandes famílias e gostava especialmente do seu hábito de passar o dia quase todo recolhidas em suas imensas barracas sem janelas, bebendo em silêncio mas sem parar, ouvindo a grama que varria a parte externa de suas paredes translúcidas e fingindo não saber onde poderiam estar entre os quilômetros de relva agitada como aquela. (Para alguns deles não era um fingimento. Tinham começado a beber no café da manhã, enquanto os carros e furgões iam sendo carregados e as mulheres estavam longe atrás de portas fechadas vestindo-se no estilo formal que era sempre observado naqueles tempos. E havia outros que talvez supusessem em qual dentre mil lugares semelhantes tinham se estabelecido, mas que caíam num sono embriagado, ainda sentados e vestidos com correção, durante a longa jornada de retorno e no dia seguinte não lembravam mais nada.)

Mas com o tempo aprendi que quando meu mecenas falava de cenas isso era mais do que uma tentativa sincera de estabelecer a palavra como parte do dialeto de sua região. Ele passava uma tarde quase inteira reunindo homens e mulheres entre a multidão de convidados que então dispunha em poses e atitudes que escolhia para fotografar. Sua câmera era um modelo simples e ultrapassado escolhido às pressas entre uma meia dúzia que sempre levava no imenso porta-malas de seu carro. O filme vinha de um estoque de rolos preto e branco comprados numa cidade distante, de algum lojista acostumado a satisfazer os nada lucrativos caprichos dos grandes proprietários de terras. As imagens geradas por aquelas poses tediosas seriam depois descritas sem entusiasmo pelas poucas pessoas que se davam ao trabalho de olhar para elas.

O homem que caminhava entre os relutantes modelos dessas fotografias, parando para tomar um gole do copo que ainda tinha na mão ou consultar o maço de anotações rabiscadas que lhe escapava do paletó, tinha me confidenciado não dar a menor importância para a suposta arte da fotografia. Estava disposto a sustentar, contra aqueles que defendiam de maneira pretensiosa os produtos das câmeras, que as aparentes similaridades de estrutura entre seus engenhosos brinquedos e o olho humano tinham gerado neles um equívoco absurdo. Supunham que seus papéis entintados mostrassem algo do que via um homem além de si próprio — algo que chamavam de mundo visível. Mas nunca tinham considerado onde estaria aquele mundo. Eles se apegavam a seus pedaços de papel e admiravam as manchas e máculas que ali pareciam fixadas. Mas será que sabiam que enquanto isso a grande maré de luz do dia jorrava de tudo que olhavam e escorria para dentro dos buracos que tinham no rosto rumo a uma profunda escuridão? Se o mundo visível estava em algum lugar, era num ponto daquelas trevas — uma ilha tangida pelo ilimitado oceano do invisível.

O homem me disse isso num momento de sobriedade. Mas em suas cenas, bebendo sem parar até atingir a inconsciência e prendendo grandes cones da luz das planícies nas armadilhas improvisadas de suas câmeras, ele parecia rir de si próprio. Eu tinha percebido desde o começo que as cenas nunca aconteciam em dias infalivelmente claros. Sempre, quando os numerosos grupos se reuniam nas varandas cheias de plantas e nos largos caminhos de entrada da casa, o céu na direção do interior estava estranhamente nebuloso. A luz do sol podia persistir até o fim da tarde, mas as nuvens turbulentas preenchiam uma parte cada vez maior do céu. O homem que tinha escolhido aquele dia para sua cena seguia incitando a família e os convidados a se divertirem num clima que permanecia lânguido. Mas então me chamava de lado como se apenas eu pudesse entender seu objetivo secreto.

"A chegada das trevas", ele talvez dissesse, com um gesto na direção da metade do céu que já estava ocupada por nuvens. "Mesmo um lugar tão imenso e tão claro quanto as planícies pode ser apagado de qualquer direção. Fico olhando agora para esta terra, e cada quilômetro reluzente da sua extensão mergulha na minha velha escuridão particular. Mas outros podem também estar olhando para as planícies. Aquela atmosfera — é apenas sinal de todo o território invisível que nos cerca neste exato momento. Alguém está olhando para nós e nossa terra preciosa. Estamos desaparecendo pelo buraco escuro de um olho de que nem temos consciência. Mas essa brincadeira não é somente para uma pessoa. Ainda tenho meu brinquedo — minha câmera que deixa as coisas invisíveis." E podia apontar a caixa constrangidamente para mim e perguntar se me interessava uma expedição pelo mundo que ninguém via.

Chegando o fim do dia, quando a tempestade estava sobre nós e as pessoas em volta das mesas bem fornidas olhavam em silêncio de suas barracas para os horizontes mais próximos (que ficavam absurdamente mais próximos graças ao filtro da chuva), meu mecenas descartava a câmera e se reclinava na poltrona, dando as costas para a luz do dia que acabava. Sabia que a tempestade, como todas que atravessam as planícies, seria breve, e que a maior parte das nuvens teria desaparecido antes de anoitecer, deixando o céu límpido e levemente iluminado. Mas ele estendia o braço na minha direção e falava como se as planícies que conhecia estivessem para sempre desaparecidas.

"Esta cabeça", ele murmurou uma vez. "Este tema de tantos retratos — examine bem, mas não pelo que possa ser sugerido pelos elementos estranhos de sua superfície. Não. Inspecione. Vasculhe essa cabeça para falsear as piores teorias desses homens ordinários das planícies à nossa volta. Você sempre exagerou na perspicácia que lhes atribuía. Imagina que por terem passado a vida nas planícies eles têm acesso aos sinais que você ainda procura. E no entanto os mais inteligentes deles — aqueles que você quase toma por visionários — nunca perguntaram exatamente onde estão as planícies.

"Eu até concordo com você que ver mesmo as planícies em que nos refestelamos durante esta tarde toda — mesmo isso é um tipo de distinção. Mas não se deixe enganar. Nada do que vimos hoje existe sem a escuridão.

"Olhe. Estou de olhos fechados. Estou prestes a dormir. Quando você me vir apagado, pode me trepanar. Pode abrir meu crânio inteiro. Nenhuma lâmina me incomodaria depois dessa quantidade de álcool. Olhe o cérebro pálido que encontrar pulsando ali dentro. Separe seus lobos opacos. Examine com lentes poderosas. Nada ali vai te sugerir planícies. Elas desapareceram há muito tempo — as terras que eu disse ter visto.

"A Grande Escuridão. Não é ali que estão todas as nossas planícies? Mas estão seguras, bem seguras. E lá no seu ponto extremo — longe demais para eu ou você visitarmos —, lá o tempo está mudando. Os céus lá no alto vão ficando mais claros. Uma planície completamente diferente vem à deriva na direção da nossa. Estamos viajando em alguma direção no mundo que tem forma de olho. E ainda não vimos as outras terras que esse olho enxerga."

O homem sempre terminava suas falas de maneira abrupta. Eu ficava sentado com ele, bebendo, esperando ouvir mais. Mas meu mecenas permanecia de olhos fechados e pedia apenas que o mantivessem ereto depois que perdesse a consciência.

Naquele mesmo dia o homem usou sua câmera como se procurasse apenas imprimir no filme certa tarde que escurecia. Mas eu, e talvez alguns dos outros, sabíamos que nosso anfitrião jamais pretendeu que suas fotografias registrassem o que algum dos presentes talvez quisesse lembrar da cena.

O grupo sempre montava acampamento sob as árvores da margem de um curso d'água. Durante a tarde eles se deixavam ficar em grupos separados em lugares de onde podiam ver a água. Mesmo os casais que se afastavam um pouco do grupo maior nunca perdiam de vista a linha de árvores e a relva mais verde que cercavam o rio. E no entanto ninguém jamais posou diante de lagos ou baixios pedregosos. Olhando para as fotografias semanas depois, eu não encontrava marcos reconhecíveis ao fundo. Um forasteiro podia ter imaginado que elas mostravam qualquer um de uma dúzia de lugares separados por quilômetros de distância.

E as pessoas que estavam nas fotos raramente pareciam ser o que lembravam de si próprias numa certa tarde. Um homem que tinha passado boa parte do dia envolvido com uma moça em algum dos prolongados rituais que formavam a corte dos casais nas planícies — esse homem podia ver depois uma imagem de si próprio conspicuamente só, com o olhar virado para um grupo distante de mulheres e mesmo para a única dentre elas que jamais havia abordado.

Não se tratava de uma falsificação grosseira dos eventos de um dia. Mas todas as coleções de fotos parecem ter o propósito de confundir se não as poucas pessoas que pediam para "se ver" depois, ao menos talvez as que pudessem encontrar as imagens anos mais tarde, em sua busca pelas mais antigas evidências de que certas vidas teriam seguido como de fato seguiram.

Se alguma dessas pessoas virasse as páginas dos álbuns sem decorações em que as fotos tinham sido colocadas às pressas, poderia ver olhos desviados do que devia ter sido uma atração para aquelas pessoas, mesmo tanto tempo atrás; certo homem ansioso por não ser considerado parte do único grupo que jamais o incluiria; outro agarrado àqueles de quem diria muito tempo depois nunca ter se aproximado. Quanto ao cenário desses eventos improváveis — tão poucos pareceriam fazer parte de qualquer paisagem preferida em outros anos que os estudiosos de tais questões poderiam ao menos respeitar a estranheza do que foi percebido no passado se não concluíssem que certos locais favoritos das planícies já tinham havia muito desaparecido. Com frequência eu também me perguntava o que se poderia aventar anos depois a respeito das parcas marcas de minha presença naquelas cenas. Houve tardes em que fiquei olhando somente a passagem de diferentes estados de espírito pelo rosto da neta mais velha do meu mecenas enquanto ela escutava, bem-educada, a conversa das amigas e no entanto olhava apenas a passagem de brisas e sombras de nuvens a meia distância na planície. Mas seu avô sempre me direcionava com um gesto para algum grupo de mulheres conhecidas como modelos de retratos famosos ou como a inspiração de certos personagens de ficção mas que pareciam não saber, por enquanto, de qualquer mudança digna de ser observada nas planícies que as cercavam. Eu olhava para onde meu mecenas apontava ou tentava como as mulheres parecer profundamente ocupado com alguma conversa sem palavras ou algum segredo tácito, e assim nos tornávamos um daqueles grupinhos cujos surgimento pode perturbar alguém que anos depois estivesse especulando a respeito de tais conversas e de tais segredos.

Eu e minhas companhias do momento não derivávamos qualquer segurança duradoura dessas poucas horas da ameaça da luz do sol naqueles lugares quaisquer das planícies. E no entanto deixávamos de lado por um tempo nossa perplexidade e nossa incerteza e conspirávamos, alguns de nós talvez sem saber, por nos ver donos de um segredo que resolvesse o mistério daquelas horas e daquele lugar ao menos. E aos olhos de pessoas que jamais conheceria, meu aparente domínio de alguma coisa tornava-se mais um motivo de perplexidade e incerteza entre aquelas pessoas dos anos do futuro.

O que lhes restava senão duvidar ainda mais da própria percepção das coisas quando viam em certa fotografia desbotada e mal composta sinais de que um dia, no lugar das planícies que jamais teriam identificado com precisão, um grupo desconjuntado de pessoas, jamais conhecidas por sua percepção de tais questões, tinha sussurrado entre sorrisos por causa de uma descoberta ou até olhado e apontado para um sinal que naquele momento lhes foi o bastante?

E não eram só grupos de pessoas que ficavam dispostos como que ao alcance de uma ou mais de uma daquelas certezas que qualquer um que as visse sentia não ter. Muitos homens ou mulheres que prontamente confessariam ver apenas em ilustrações antigas o tempo ou a paisagem que os convenciam a desistir de procurar outros céus ou terras — muitas dessas pessoas tinham sido fotografadas como se a coisa que miravam logo além do quadro da câmera desse o tipo de satisfação que pessoas que viviam muito depois só conseguem derivar de antigas fotografias.

Algumas das pessoas dispostas dessa maneira concordavam em fazer algum gesto atípico ou fingir estar interessadas no que raramente as atraía. Outras obedeciam ao fotógrafo aparecendo como só boatos ou maledicência as teriam escrito. Eu mesmo já tinha me acostumado com meu mecenas metendo em minhas mãos uma câmera vazia e me dizendo para fazer como se mirasse a câmera para alguma figura ou alguma paisagem a meia distância.

Poucos dos grupos nessas cenas teriam lembrado que minha função original naquela casa tinha sido a de escritor de material adequado a roteiros. Ainda menos gente frequentava as revelações anuais, como eram chamadas, quando se esperava que eu exibisse ou descrevesse os melhores entre meus projetos recentes.

Fazia tanto tempo que eu mesmo não frequentava eventos preparados para outro protegido da casa que não saberia se os meus tinham se tornado os menores de todos. As pessoas que de fato vinham aos meus pareciam não se importar ao se verem cercadas de espaços vazios na sala de recepção ou perceberem que suas vozes, quando saíam para a varanda comprida, eram abafadas pelo estrondo de grilos e sapos. Nas primeiras horas da cerimônia, entre o pôr do sol e a meia-noite, elas se aglomeravam para comer e beber, e adotavam a atitude de uma elite privilegiada e refinada: um grupinho que não havia esquecido o estudioso recolhido nas salas dos fundos da biblioteca nem que poderia um dia se gabar de ter assistido à primeira de suas já então lendárias revelações. À meia-noite, quando começava a revelação propriamente dita — quando se dava adeus às mulheres e as tradicionais cadeiras desconfortáveis de espaldar alto eram trazidas até o semicírculo de mesas entupidas de decantadores e cheias de manchas geradas pela passagem da luz por grandes cuboides de uísque contidos por camadas espessas de cristal —, então a plateia parecia mais curiosa do que a mera educação faria supor. Esperavam ansiosos enquanto os criados trancavam as portas e fechavam as duplas cortinas roxas instaladas para a ocasião e subiam então em suas escadas para lacrar as lacunas entre cortinas e paredes com os rolos de papel de revelação que emitia seu ruído farfalhante que nunca deixava de ter qualidades evocativas.

Eu achava que por vezes tinha chegado perto de satisfazer suas expectativas. Tinham ficado ouvindo até que mesmo um homem dentre eles que tivesse violado o espírito da cerimônia e escondido um relógio no bolso — mesmo aquele homem teria ficado agradavelmente surpreso ao olhar furtivo pela última vez para o mostrador. E quando eu puxava com discrição a correia da campainha e os criados entravam em silêncio na sala vindos da distante alcova em que o sinal abafado os encontrara, e abriam de maneira súbita e arrebatadora as imensas cortinas, eu sempre encontrava algum conforto na sutil exclamação que se erguia dos meus ouvintes. Vendo todos seguirem aos tropeços na direção das janelas, atordoados pela inesperada intensidade luminosa e talvez legitimamente surpresos pela vista de relvado e vegetação que se estendia até tomar um pedaço da planície, eu sabia que tinha realizado alguma espécie de revelação. Mas sabia também que não tinha conseguido o que se descrevia com tanta clareza na literatura que deu origem à cerimônia. Meu fracasso era jamais conseguir dispor meu tema — os argumentos e narrativas e exposições que sustentavam minha fala por no mínimo metade de um dia — de um modo que culminasse numa revelação que de alguma forma enfatizasse ou contrastasse ou prefigurasse ou até parecesse negar toda e qualquer probabilidade da revelação menor em que a terra lá fora surgia de repente sob uma luz inesperada. Eu não podia reclamar que me faltassem as vantagens de outros protegidos assalariados — os dramaturgos, fazedores de brinquedos, tecelões, ilusionistas curadores de jardins de inverno, músicos, metalúrgicos, curadores de aviários e de aquários, poetas, titereiros, cantores e recitadores, designers e modeladores de trajes pouco práticos, historiadores do turfe, palhaços, colecionadores de mandalas e de mantras, inventores de jogos de tabuleiro inconclusivos e outros que podiam usar coisa tão mais poderosa do que palavras para produzir seus efeitos. Pois também eu, nos meus primeiros anos naquela casa, tinha recebido equipamento bastante para preparar e exibir qualquer filme que tivesse conseguido conceber. Era uma decisão minha me colocar diante dos espectadores nas minhas primeiras revelações tendo atrás de mim apenas uma tela em branco e um projetor vazio que apontava na minha direção de um canto da sala parcialmente escurecido e ficar falando durante dezesseis horas de paisagens que só eu podia interpretar. Pensava então que um ou dois dos meus ouvintes, quando as cortinas fossem outra vez abertas para revelar uma terra mergulhada numa tarde cujo princípio nenhum deles tinha testemunhado, pudesse ver na planície que se estendia à sua frente um lugar que sempre quis explorar. Mas em anos mais recentes, ao me ver diante de uma plateia cada vez menor, ainda numa sala escura mas sem nem mesmo a tela em branco para sugerir que as paisagens e figuras que defendia poderiam vir a ser representadas por cenas e pessoas retiradas de sua própria terra, eu então suspeitava que mesmo meus ouvintes mais atentos consideravam que sua revelação era o mero fato da reaparição de planícies que minhas horas de conversa especulativa tinham feito parecer minimamente mais promissoras.

Houve ocasiões ao longo daqueles anos em que eu ficava pensando por que meus seguidores não tinham desaparecido de todo. Mesmo nas salas mais recônditas da biblioteca, no terceiro andar da ala nordeste, eu por vezes ouvi, do outro lado de jardins protegidos do sol de um fim de tarde ou varridos pelo voo de morcegos do crepúsculo, o primeiro, e então, depois de um intervalo quase exatamente previsível, o segundo dos rugidos imoderados que marcavam o ápice duplo de alguma revelação feita por um protegido cujos resultados finais tinham sido sugerir, com as dificuldades particulares de sua arte, certo detalhe de uma planície paradoxalmente separada, definindo-a no entanto ainda mais, da terra revelada momentos depois entre as pesadas cortinas que se abriam.

Havia tantos protegidos com seus estúdios e oficinas nas diversas alas que lhes eram reservadas, ou mesmo nos alojamentos que ficavam sob a sombra das árvores nos parques que se estendiam entre os gramados mais afastados e as florestas das colinas mais próximas, que eu ouvia quase toda semana aqueles gritos de admiração por mais uma afirmação do tema infinitamente variável das planícies retornando, elaborado mas ainda reconhecível, ao campo de visão. Mesmo os mais inquietos dos estudiosos e benfeitores naquelas plateias tinham que perder muitas apresentações. Eu esperava todo ano, quando ia chegando a hora da minha, descobrir que todos os habitantes da casa tinham se recolhido cedo depois de um dia e de uma noite puxados de bebedeira e de observação, que nem um único carro havia chegado das propriedades vizinhas e que eu teria que emular aqueles poucos protegidos de quem por vezes ouvia falar, que emergiam todo ano de seus aposentos discretos e apresentavam suas revelações diante de salas vazias e decantadores tampados. Muitas vezes fiquei à espera de um momento em que os criados, dando todas as mostras de decoro, afastassem as cortinas para que a presença das planícies preenchesse o cômodo silencioso enquanto eu mesmo tentava ver tudo aquilo da posição que era o centro ideal da minha plateia ausente. Mas todo ano restavam alguns dos que me haviam acompanhado no ano anterior e outros poucos tinham chegado para me dar ouvidos, talvez até dando preferência a mim e não a algum cliente celebrado cuja revelação por vir já estava sendo tema de conversas na mesmíssima mesa em que eu estava instalado com o uísque.

A razão para esse duradouro interesse por mim talvez fosse apenas uma preferência comum da gente das planícies pelo oculto em lugar do óbvio — sua fraqueza por esperar muito dos desfavorecidos ou dos pouco conhecidos. Embora eu não fizesse perguntas em interesse próprio, acabei descobrindo que havia um grupinho que me considerava um cineasta excepcionalmente promissor. Quando ouvi isso pela primeira vez, me vi prestes a responder que meus arquivos cheios de anotações e rascunhos provavelmente não originariam jamais alguma imagem de uma planície qualquer. Estava quase decidido a me chamar de poeta ou romancista ou paisagista ou memorialista ou criador de cenas ou qualquer um dos muitos tipos de praticantes das artes literárias que abundavam nas planícies. E no entanto se tivesse anunciado tal mudança de profissão eu poderia ter perdido o apoio das poucas pessoas que ainda insistiam em sua estima por mim. Pois, embora a escrita fosse via de regra considerada pelos homens das planícies como a mais preciosa das artes e a única que quase chegava perto de resolver as mil incertezas que pendiam sobre quase cada quilômetro das planícies, ainda assim, se eu tivesse reclamado para mim nem que fosse uma pequena parcela do tributo prestado aos escritores, teria provavelmente perdido o respeito até daqueles que compartilhavam dessa visão da prosa e do verso. Pois meus admiradores mais sinceros tinham também consciência do parco interesse do homem das planícies por filmes e da declaração frequente de que a câmera era mera multiplicadora das qualidades menos significativas das planícies — sua cor e sua forma como o olho as recebia. Esses meus seguidores quase certamente compartilhavam também dessa desconfiança pelos usos dos filmes, pois jamais sugeriam que eu pudesse um dia elaborar cenas que ninguém teria previsto. O que louvavam era minha aparente relutância em trabalhar com câmera e projetor, bem como os anos que eu passava escrevendo e reescrevendo anotações para vir a apresentar a uma plateia conjectural um conjunto de imagens ainda não vistas. Alguns daqueles homens diziam ainda que quanto mais minha pesquisa me afastasse do meu objetivo declarado e quanto menos minhas anotações parecessem levar a resultados em qualquer filme que se pudesse ver, tanto mais crédito eu merecia como explorador de uma paisagem singular. E se esse argumento parecia me classificar como escritor e não como cineasta, isso não incomodava meus leais seguidores. Pois eram justamente essas suas negações que justificavam sua crença de que eu estava praticando a mais exigente e mais louvável de todas as formas especializadas de escrita — aquela que chegava perto de definir o que era indefinível nas planícies ao tentar realizar uma tarefa diferente dessa. Era bom para os objetivos daqueles homens que eu continuasse a me descrever como cineasta; que por vezes aparecesse na minha revelação anual com uma tela vazia atrás de mim e falasse das imagens que ainda poderia exibir. Pois aqueles homens acreditavam com segurança que quanto mais eu me esforçasse por representar uma única paisagem singular — uma só disposição de luz e de superfícies que sugerisse um momento em alguma planície que eu conhecesse ao certo — tanto mais me perderia na multiplicidade de caminhos feitos de palavras e sem qualquer planície conhecida por detrás.

Nos anos em que meu trabalho foi mais interrompido pelo amor que meu mecenas sentia por suas próprias cenas, ainda restou talvez um punhado de apoiadores que falavam com autoridade por vezes do cineasta esquecido que preparava sua grande obra no silêncio da biblioteca. Seriam as pessoas com menor probabilidade de se deixar enganar numa dada cena ao me verem apontando uma câmera vazia na direção de certa vista cotidiana. Talvez se sentissem obrigadas a fazer algum comentário sobre a irrelevância de coisas como lentes e ondas de luz para a criação daquelas minhas imagens que ninguém tinha ainda visto. Mas normalmente se juntavam sem que ninguém percebesse à diversão de todos ao ver, parado como alguém que quer muito registrar o jogo da luz num dado momento de uma tarde monótona, o mesmíssimo homem que deixava estações inteiras passarem enquanto ficava sentado atrás de persianas fechadas nas salas menos visitadas de uma biblioteca silenciosa.

Poucas vezes pensei na opinião que predominaria a meu respeito entre as pessoas que ficavam olhando e sorrindo enquanto eu segurava desajeitado uma câmera antiquada e encarava obediente certa zona vazia à minha frente. Estava muito mais preocupado com aqueles que um dia poderiam examinar as fotos defeituosas na bagunçada coleção do meu mecenas e me ver como um homem de olhos fixos em algo de tanta importância. Mesmo os poucos que tinham ouvido falar ou lido algo a respeito dos meus esforços por descobrir uma paisagem adequada — mesmo eles poderiam ter suposto que eu às vezes não enxergava além do meu ambiente imediato. Ninguém depois poderia apontar uma única característica dos lugares que eu ficava olhando. Era ainda um lugar fora do campo de visão numa cena disposta por alguém que estava também fora do campo de visão. Mas qualquer um poderia ter decidido que eu reconhecia o sentido do que via.

E assim, naquelas tardes escuras, naquelas cenas cujo cenário parecia cada vez mais algo que se apontava em vez de se observar, toda vez que a câmera que tinha nas mãos me fazia pensar em certa moça que muitos anos depois poderia me ver como um homem que não enxergava mais longe do que os outros todos, eu pedia que meu mecenas finalmente registrasse o momento em que eu erguia minha própria câmera até o rosto e ficava com o olho pressionado contra a lente e o dedo pronto como que para expor ao filme em sua câmera escura as trevas que eram o único sinal visível de fosse o que fosse que eu via além de mim mesmo.

The Plains © Gerald Murnane, 1982
Esta edição foi publicada inicialmente pela The
Text Publishing Company Australia, 2000

Todos os direitos desta edição reservados à Todavia.

Grafia atualizada segundo o Acordo Ortográfico da Língua
Portuguesa de 1990, que entrou em vigor no Brasil em 2009.

capa
Violaine Cadinot
foto de capa
Marc Anderson/ Alamy Stock Photos
composição
Jussara Fino
preparação
Laura Folgueira
revisão
Huendel Viana
Érika Nogueira Vieira

Dados Internacionais de Catalogação na Publicação (CIP)

Murnane, Gerald (1939-)
As planícies / Gerald Murnane ; tradução Caetano
W. Galindo. — 1. ed. — São Paulo : Todavia, 2024.

Título original: The Plains
ISBN 978-65-5692-727-5

1. Literatura australiana. 2. Romance. 3. Ficção
contemporânea. I. Galindo, Caetano W. II. Título.

CDD 899.3

Índice para catálogo sistemático:
1. Literatura australiana : Romance 899.3

Bruna Heller — Bibliotecária — CRB 10/2348

todavia
Rua Luís Anhaia, 44
05433.020 São Paulo SP
T. 55 11. 3094 0500
www.todavialivros.com.br

fonte
Register*
papel
Pólen bold 90 g/m²
impressão
Geográfica